人生洞察力丛书

孤独是我的荣耀

尼采人生随笔

Friedrich Nietzsche

［德］尼采 著

黄敬甫 ［德］李柳明 杨颖君 译

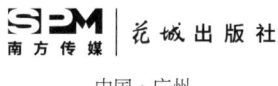

中国·广州

图书在版编目（CIP）数据

孤独是我的荣耀：尼采人生随笔 /（德）尼采著；黄敬甫，（德）李柳明，杨颖君译. -- 广州：花城出版社，2025.8. --（人生洞察力书丛）. -- ISBN 978-7-5749-0429-3

Ⅰ．I516.64

中国国家版本馆CIP数据核字第2025NU2319号

孤独是我的荣耀：尼采人生随笔
GUDU SHI WO DE RONGYAO: NICAI RENSHENG SUIBI

[德]尼采/著 黄敬甫 [德]李柳明 杨颖君/译

出版人	张 懿
责任编辑	林 菁 鲁静雯
责任校对	梁秋华
技术编辑	凌春梅
装帧设计	DarkSlayer
出版发行	花城出版社
经　　销	全国新华书店
印　　刷	广州市岭美文化科技有限公司
开　　本	787毫米×1092毫米　32开
印　　张	8.75　1插页
字　　数	130,000字
版　　次	2025年8月第1版　2025年8月第1次印刷
定　　价	48.00元

版权所有·侵权必究。如发现印装质量问题，请与出版社联系。
联系电话：020-37604658　37602954

序　言

黄敬甫

德国学者弗伦策尔在《尼采传》中指出："如果人们根据一位哲学家的著作对后世的影响来评判他的重要性，那么尼采是可以同黑格尔、马克思和叔本华匹敌的。他是19世纪少数几个大思想家之一。他们远远超出了自己的时代，没有他们，20世纪就不会成为现在这个样子。"

尼采（Friedrich Wilhelm Nietzsche，1844—1900），德国哲学家、诗人，1844年10月15日出生于普鲁士一个宗教家庭。父亲是牧师，母亲是清教徒。他还不到5岁时，父亲去世。此后，这个家庭除了尼采，全是女性：祖母、两个姑姑、母亲和妹妹。

1858年，14岁的尼采在瑙姆堡普夫塔文科中学读书，这间学校的课程都是古典的，训练很严格。他对文学和音乐产生浓厚的兴趣，成绩优异，特别是希腊语。

1864年，20岁的尼采进入波恩大学，这所大学在古典语文学方面享有国际声誉。他除了古典语文学之外，还选修了艺术史、宗教史、神学和政治学。

由于他尊敬的古典语文学教授里奇尔接受了莱比锡大学的聘请，尼采从第三学期开始也转到了莱比锡大学学习。

在莱比锡大学学习时，叔本华的哲学和瓦格纳的音乐对尼采产生了深刻的影响。

1865年（此时尼采21岁，叔本华已去世5年），尼采在莱比锡第一次读到叔本华的大作《作为意志和表象的世界》。这本书的中心是意志论，认为人的本质是意志，世界的本质也是意志。叔本华的哲学思想对尼采影响很大，后来他成了继叔本华之后意志论的重要代表。但是，尼采的意志论不同于叔本华的唯意志论。叔本华的意志哲学受佛教影响，使人意志消沉，陷入人生的虚无主义，而尼采则否认叔本华的人生虚无主义。尼采的强力意志是一种推动力,是一种潜力,代表向上的有作为的精神。另外,尼采在《悲剧的诞生》一书中反对叔本华的悲观主义。

正当尼采陶醉于叔本华哲学时,1868年秋,尼采第一次在莱比锡见到了瓦格纳,瓦格纳比尼采大31岁。瓦格纳是继贝多芬之后19世纪德国重要的音乐家。尼采对瓦格纳的天才很钦佩。瓦格纳是尼采一生中最有名的朋友。而后,由于观点不同,两人分道扬镳。后来尼采在许多著作中都批判瓦格纳的观点,比如《人性的,太人性的》《瓦格纳事件》《尼采反对瓦格纳》等。

尼采在莱比锡上大学期间,于1867年报名参加一年的兵役。后来在行军途中骑马摔伤,服役半年后提前退伍,又回到莱比锡大学继续学习。

1869年2月,莱比锡大学根据尼采发表的论文,免试授予尼采博士学位。经导师里奇尔教授推荐,尼采应聘到瑞士巴塞尔大学任古典语文学副教授。一年后,也就是1870年3月,25岁的尼采就当上了正教授。

1870年8月,他参加了普法战争,上前线当卫生兵。两个月后他得了重病,又回到巴塞尔大学。他在这间大学待了十年，一直担任古典语文学教授。

1872年，也就是踏进巴塞尔大学三年后，他的第一部哲学专著《悲剧的诞生》出版。这本书论述了古希腊艺术起源于太阳神阿波罗和酒神狄俄尼索斯，并且谈到古希腊悲剧如何从音乐中诞生，如何没落。全书对基督教表现出深沉的敌意，认为基督教就是虚无主义。接着，1873—1876年，尼采一连出版了四部《不合时宜的考察》。第三部的副题为"教育家叔本华"，把叔本华当作哲学的表率，实际上是借叔本华谈自己。他认为哲学家应是一个伟人，鄙视名誉地位，探讨人生意义，甘心为真理而受苦，成为世人的教育者。第四部的标题是《理查德·瓦格纳在拜罗伊特》，这本书提出了更高的文化概念和重建文化的概念，开始看到瓦格纳的弱点。

1878年，尼采出版了《人性的，太人性的》第一部，这本书清楚地表明，尼采已经与瓦格纳疏远。

1879年，尼采因健康状况恶化，向学校提出辞职，从此结束了自己的教学生涯。

1879年起，尼采过着漂泊的生活，在瑞士、意大利和法国一带漫游。他四海为家，住过一百多间旅店。

在漂泊期间，他带着病痛，顽强奋斗，完成了十多部作品。这里重点介绍一下他的代表作《查拉图斯特拉如是说》。这本书写于1883—1885年间。这是一部用散文诗体写成的哲学著作。查拉图斯特拉是公元前1000年的波斯预言家，尼采借他的口来表达自己的思想，查拉图斯特拉就是尼采的化身。这本书的主要内容，一是宣布上帝的灭亡，宣称"超人"的诞生，重估一切价值；二是宣布"永恒轮回"的思想。尼采认为这本书的基本观点就是"永恒轮回"的思想。他说："万物方来，万物方去，永远地转动着存在的轮子。万物方生，万物方死，存在的时间，永远地运行。"许多学者认为，这本书是世界上罕见的、独一无二的优秀著作。

1888年，尼采在神志清醒的最后一年完成的《瞧，这个人》是最能代表他的作品，他以主要著作为线索，对自己的思想主张加以描述。这本书为尼采本人及其著作提供了某些心理学和传记性的材料。尼采在书中严厉地抨击了道德、灵魂、精神、自由意志和上帝。这本书具有绝对的重要性，这是一本无与伦比的表达智慧的书。

1889年1月,尼采在意大利都灵精神错乱。他在母亲和妹妹的照料下,在巴塞尔和魏玛度过了一生中的最后十一年,于1900年8月25日在魏玛去世。

尼采是个诗人哲学家,那华美的警句与形象的比喻中所流露出来的深刻的思想,那灿烂的辩才与富有诗意的语言所表现出来的活力,使人读后有一种兴奋之感,深受启迪!

目　录

等待第一道闪电

太阳应照耀大地　　003
人生的智慧　　029
著名的智者　　035
市场之蝇　　040
山上的树　　046
创造者之路　　051
被毒蛇咬伤　　056
无赖　　060
夜之歌　　065
超越自我　　069
阅读与写作　　076

学者　080

漂泊者　084

日出之前　090

与颓废者相对立的人

我为什么这样有智慧　099

我为什么这样聪明　120

我为什么能写出这样优秀的书　149

我为什么是命运　164

旧的真理临近结束

悲剧的诞生　181

不合时宜的考察　190

人性的，太人性的　198

曙光

——论道德即是偏见　209

快乐的科学　214

查拉图斯特拉如是说
——一本为所有人，也不为任何人写的书　217
善恶的彼岸
——未来哲学的序曲　241
道德的谱系
——一篇论战的文章　244
偶像的黄昏
——怎样用锤子探讨哲学　246
瓦格纳事件
——一个音乐家的问题　250

附录

尼采生平年表　263
尼采主要著作　265

等待第一道闪电

太阳应照耀大地[①]

1

查拉图斯特拉30岁时,离开他的家乡,离别家乡的湖,来到了山里。在这里,他享受着自己的智慧和孤独,十年不觉厌倦。但是最后,他的内心发生了变化。有一天早晨,他与朝霞一同起身,来到太阳跟前,对太阳如是说:

"你这伟大的星球啊!如果没有你所照耀的人们和动物,你有什么幸福呢?

---

① 原标题为"查拉图斯特拉的序言",出自《查拉图斯特拉如是说》第一部分第一章。

"十年来,你照耀我的山洞。假如没有我,没有我的鹰和我的蛇,你会厌烦你的光亮和行程。

"但是每天早晨我们都在期待你,接受你的光芒,并为此而祝福你。

"看啊!我已厌倦我的智慧,如同蜜蜂采集了太多的蜜,我需要别人伸出手来接取智慧。

"我愿意赠送和给予,直到人群中的智者再次为自己的愚昧而喜悦,直到贫者再次为自己的富有而高兴。

"因此我必须深入人世间,像你每晚做的那样,走到大海的那边,还把你的光明送到下面的世界。你这恩惠无边的星球啊!

"像你一样,我必须下山,正如人类所说的那样,我要降临到他们那里去。

"请祝福我吧,你这安详的眼睛,甚至能看到最大的幸福,也没有一丝的嫉妒!

"祝福这个就要溢出的杯子吧,让水金光闪闪地从杯里流出,把你充满喜悦的光辉送到各处去!

"瞧!这个杯子就要再次变空,查拉图斯特拉将再度成为凡人。"

于是，查拉图斯特拉开始下山。

2

查拉图斯特拉独自下山，没有遇见一个人。但是当他走进森林时，突然有位老人出现在他的面前，这位老人离开他神圣的茅屋，到树林中寻找树根。老人对查拉图斯特拉如是说：

"这位行人我并不陌生。几年前他经过这里。他叫查拉图斯特拉，但是他已变了样。

"那时你把你的死灰带到山里，今天你要把你的火种带进山谷里去吗？你不怕纵火犯受到的惩罚吗？

"是的，我认出查拉图斯特拉了。他的眼睛是纯净的，他的嘴角上没有隐藏一丝厌恶。他不是像个舞者那样走过来了吗？

"查拉图斯特拉变了，他变成了小孩。查拉图斯特拉是个觉醒者——现在你想到沉睡者那里做什么呢？

"你曾经生活在孤独中，如同在海上一样，海水载着你。哦，你想上岸吗？哦，你想重新拖曳着你的身体吗?"

查拉图斯特拉回答:"我爱人类。"

"不过,"这位圣人说,"我为什么走进这片树林和荒漠中去?还不是因为我过于爱人类吗?

"现在我爱上帝,我不爱人类。在我看来,人类是太不完美的东西。爱人类会毁掉我的。"

查拉图斯特拉回答:"关于爱,我说什么呢!我要给人类送去礼物。"

"什么东西都不要给他们,"圣人说道,"倒不如替他们拿掉一点包袱,为他们分担一些,这将是为他们做的最大的善事——只要你感到舒适!

"假如你要给他们什么,也不要超过一种施舍,而且还要让他们乞求!"

"不,"查拉图斯特拉答道,"我不给施舍。我不会可怜到只给施舍。"

圣人取笑查拉图斯特拉,他说:"那么你就等待他们接受你的宝物吧!他们怀疑隐居者,不相信我们是来赠送礼物的。

"我们走过小巷的脚步声,他们听起来觉得很孤

单。就像他们在夜里躺在床上,听到有人走动,那时离太阳升起还有很久,于是他们也许会自问:'这个小偷要去哪里?'

"不要到人类那里去,留在树林里吧!宁可到动物那里去!为什么你不想同我一样,做熊中之熊,鸟中之鸟呢?"

"圣人在树林中做什么呢?"查拉图斯特拉问道。

圣人答道:"我写歌、唱歌。我写歌时,笑着,哭着,并且低吟着。我就这样赞美上帝。

"我用唱歌、哭泣、欢笑和低吟赞美上帝,他是我的上帝。可是你给我们带来了什么礼物呢?"

查拉图斯特拉听完这些话,就向圣人致意,并且说道:"但愿我有什么东西送给你们!但是让我赶快走吧,免得我从你们那里拿走什么!"

于是他们——老人和这位男子——笑着分手了,他们笑得就像两个孩童似的。

但是当查拉图斯特拉独自一个人时,他对内心如是说:"难道有这种可能?这位老圣人在树林中还没有听说,上帝已经死了!"

3

当查拉图斯特拉走到森林边沿那个最近的城镇时,发现许多人聚集在市场上,因为预告说可以看到一个走钢索者的表演。

于是查拉图斯特拉对群众如是说:

"我教你们做超人:人是应该被超越的某种东西。为了超越自身,你们做了些什么呢?

"至今,一切生物都创造了一些超越自身的东西。你们想成为大潮中的退潮,宁可倒退为动物也不愿超越人类吗?

"在人类看来,猿猴是什么呢?只是一个可笑的或痛苦的、耻辱的对象。

"在超人看来,人也是一样,只是一个可笑的或痛苦的、耻辱的对象。

"你们已经走过了从虫到人的过程,但是在你们内心还有很多虫子。你们从前是猿猴,如今人类比任何猿猴更像猿猴。

"即使你们当中的最聪明者,也不过是植物的分枝和鬼怪的杂种而已。难道叫我把你们变成鬼神或植物吗？

"瞧，我教你们做超人！

"超人意味着大地。按你们的意愿说，超人就是大地的意思！

"我的兄弟们，我恳求你们忠实于大地，不要相信那些向你们谈论超世俗的希望的人！他们是配制毒药的人，不管他们自己知道与否。

"他们是蔑视生命者、垂死者、自我毒害者，大地已经厌烦他们，那就让他们逝去吧！

"从前亵渎上帝是最大的罪过，但是上帝已经死了，因此这些亵渎者也随之死去。

"现在最可怕的是亵渎大地，并且把不可探究者的脏腑看得比大地的意义还高！

"从前灵魂以蔑视的目光看待肉体——当时这种蔑视是最高尚的事——灵魂要肉体瘦弱、丑陋和饥饿，这样灵魂就以为可以脱离肉体和大地了。

"哦，这种灵魂本身还是瘦弱的、丑陋的和饥饿的，残酷就是这种灵魂的欲望！

"可是,我的兄弟们,你们也得告诉我,你们的肉体显露出你们什么样的灵魂呢?难道你们的灵魂不也是贫乏、污秽和可怜的安逸吗?

"真的,人是一条肮脏的河。人必须是一个大海,才能容纳一条污水河而不受污染。

"看啊,我教你们做超人:超人就是这大海,你们极大的蔑视会沉没在这大海里。

"你们可能经历的最大的事情是什么?就是那极大的蔑视的时刻。在这个时刻,你们会对自己,甚至对你们的幸福,还有你们的理性和道德感到厌恶。

"这个时候你们会说:'我的幸福算得了什么!它不过是贫乏、污秽和可怜的安逸。但是我的幸福被证明它自身的存在是有理由的!'

"这个时候你们会说:'我的理性算得了什么!它追求知识不就像狮子渴望食物一样吗?它不过是贫乏、污秽和可怜的安逸!'

"这个时候你们会说:'我的道德算得了什么!它还没有使我发狂。我多么厌烦我的善和我的恶啊!这一切都是贫乏、污秽和可怜的安逸!'

"这个时候你们会说:'我的正义算得了什么!我看不出我是炭火和煤炭。可是正义者都是炭火和煤炭!'

"这个时候你们会说:'我的同情算得了什么!同情不就是那个爱人类的人被钉上去的十字架吗?可是我的同情不是钉在十字架上的死刑。'

"你们已经这样说过吗?你们已经这样喊过吗?啊,我似乎已经听到你们这样叫喊过!

"不是你们的罪恶,而是你们的满足向上天呼喊,甚至是你们罪恶中的贪婪向上天呼喊!

"可是,用火舌舔你们的闪电在哪里?必须注入你们内心的狂热在哪里?

"看啊,我教你们做超人:超人就是这种闪电,超人就是这种狂热!"

查拉图斯特拉说完这番话,人群中有人喊道:"关于那位走钢索者的事情我们已经听够了,现在让我们也看看他吧!"

所有的人都取笑查拉图斯特拉。但是那位走钢索者还以为这话是对他说的,于是就开始表演。

4

但是查拉图斯特拉看看那些群众,并感到惊讶。然后他如是说:

"人是连接动物和超人的一根绳索,一根凌驾在深渊之上的绳索。

"到那边去有危险,在途中有危险,回头看有危险,战栗和停留有危险。

"人之所以伟大,在于他是一座桥梁而不是目的;人之所以可爱,在于他是过渡和终结。

"我爱那种不懂得生活的人,只知道做个终结的人,因为他们是过渡者。

"我爱那种伟大的蔑视者,因为他们是伟大的崇敬者,是渴望射向彼岸的箭。

"我爱那种人,他们不在星球之外寻找终结和牺牲的理由,他们只为大地献身,让大地有朝一日属于超人。

"我爱那种人,他为求知而生活,他知道超人有一天会出现,因此他愿意终结自己。

"我爱那种人,他工作、搞创造,是为了给超人建造房屋,为了给超人准备大地、动物和植物,因此他愿意终结自己。

"我爱那种人,他爱自己的道德,因为道德是终结的意志,是一支渴望的箭。

"我爱那种人,他不为自己保留一点精神,而想完全成为自己道德的精神,因此他作为精神迈步走过桥梁。

"我爱那种人,他用自己的道德作为自己的偏爱和命运,因此他要为自己的道德继续生存,或者不再生存。

"我爱那种人,他不想具有太多的道德。一个道德胜过两个道德,因为一个道德能更好地把命运系在节点上。

"我爱那种人,他的心灵很大度,他不期望感恩,也不要回报,因为他总是赠予,并不想留给自己任何东西。

"我爱那种人,当他掷色子赢了时,反而感到羞愧,然后自问:'我究竟是不是扔错色子了?'因为他自愿终结。

"我爱那种人,他在行动之前先说出金玉良言,而且他所做的总是比许诺的多,因为他自愿终结。

"我爱那种人,他为未来的人辩解,并且拯救过去的人,因为他愿意为现在的人终结。

"我爱那种人,他惩罚他的神,因为他爱他的神,因为他必须在他的神发怒之时终结。

"我爱那种人,他的灵魂即使受到创伤依然深奥,而且他可以经过一点点历练之后终结,因此他乐于走过桥梁。

"我爱那种人,他的灵魂过于充实,以至于忘却自己,并且集万物于一身,因此万物成为他的终结。

"我爱那种人,他具有自由的精神和自由的内心,因此他的头脑只是他内心的脏腑,而他的内心却驱使他走向终结。

"我爱那些人,他们像沉重的雨点一样,从飘浮在人们上空的乌云中一滴一滴地落下;他们预告闪电来临,并且作为预告者而终结。

"看啊,我是闪电的预告者,是从云中落下的一滴沉重的雨点,但这闪电叫作超人。

5

查拉图斯特拉说完这番话,又看看人群,于是沉默不语。

他们站在那里,他对自己的内心说,他们在那里发笑,他们听不懂我说的,我在对牛弹琴。

难道先要扯掉他们的耳朵,让他们学会用眼睛听吗?难道要像敲鼓和劝人忏悔的说教者那样发出丁零当啷的响声吗?或者他们只相信结巴者吗?

他们有某种值得骄傲的东西。使他们感到骄傲的东西,他们叫它什么呢?他们称之为教养,这使他们显得比牧羊人出色。

因此他们不喜欢听到"蔑视"他们的话。那么我就谈谈他们的骄傲吧。

我想给他们说说最该蔑视的人!那就是末人。

于是查拉图斯特拉对群众如是说:

"人类确定自己之目标的时候到了,人类种植自己最高希望之幼芽的时候到了。

"他的土壤对种植幼芽还是足够肥沃的。但是这块土壤有一天会变得贫瘠而板结,再也生长不出大树来。

"啊!这个时刻到了,人类不再把他的渴望之箭越过人类射出去,他的弓弦也不再发出嗖嗖的响声了!

"我告诉你们:人自身必须含有混沌,以便能够产生一颗跳跃的星。我告诉你们:你们身上仍然具有混沌。

"啊!这个时刻到了,人类再不会产生任何明星了。啊!这个时刻到了,最该蔑视的人不能再蔑视自己了。

"看啊!我让你们看看末人。"

"什么是爱?什么是创造?什么是渴望?什么是明星?"末人这样问,并且眨了眨眼睛。

然后大地变小了,末人在大地上跳跃着,他使一切都变小了。他的种族像跳蚤一样消灭不尽;末人活得最长久。

"我们已经创造了幸福。"那些末人说,并且眨了眨眼睛。

他们离开了生活艰难的地方,因为他们需要温暖。人们还爱邻里,也会同邻里发生摩擦,因为他们需要温暖。

对于他们来说,生病和不信任是有罪的。他们小心翼翼地走着。一个蠢货还会被石头和行人绊倒!

他们还要工作,因为工作是一种消遣。但是他们留心不让消遣伤害到自己。

他们变得不再贫困,也不再富有,两者都会令人太辛苦。谁还想统治?谁还愿意服从?两者都会令人太辛苦。

没有牧人,只有一群牛羊!每个人都想平等,每个人都平等。谁感觉不同,谁就自愿走进疯人院。

"从前全世界都疯了。"最精明的人说,并且眨了眨眼睛。

他们很聪明,知道所有发生过的事情,所以他们会不停地嘲笑别人。

他们还互相争执,但是不久又和解了,不然会损害他们的胃。

他们白天有自己的小乐趣,夜晚也有自己的小乐趣,但是他们注意健康。

"我们已经创造了幸福。"末人说,并且眨了眨眼睛。

查拉图斯特拉的第一次讲话——也称为"序言"——到此结束,因为说到这里,群众的叫喊声和欢乐声打断了他。"你把这种末人给我们吧,啊,查拉图斯特拉,"他们这样喊道,"让我们成为末人吧!我们把超人送给你!"所有的人都欢呼起来,咂舌声不停。然而查拉图斯特拉却变得悲伤,他对自己的内心说:

他们听不懂我说的,我对牛弹琴。

也许我在山上生活得太久,听多了小溪流水和树林之声。现在我跟他们说话,如同对牧羊人说话一样。

我的灵魂很平静,像上午的高山一样清明。但是他们认为我冷漠,是个开可怕的玩笑的讽刺家。

现在他们望着我,笑着,发笑时他们仍然憎恨我。他们的笑声冷若冰霜。

6

但是这时发生了一件使人目瞪口呆的事情。

在这个时候，走钢索者开始表演。他从一扇小门里走出来，沿着钢索走着，那条钢索紧绷在两座塔楼之间，悬在市场和群众的上空。

当他走到钢索中间时，小门打开了，一个穿彩衣像丑角似的人跳了出来，快步跟在第一个人后面。"向前走呀，跛子。"他发出可怕的叫喊声，"向前走呀，懒虫、投机商、苍白的面孔！别让我用脚跟搔痒你！你在这两座塔楼之间干什么？你应该到塔里去，应该把你关在里面，你挡住了一个比你走得快的人的路！"

随着说完每一句话，他就越来越接近前面那个人，但当他离那个人只差一步之遥时，可怕的事情发生了，让每个人都目瞪口呆——他像魔鬼似的大喊一声，从挡路者的上方跃过去。但是，当第一个人看到自己的对手取胜时，张皇失措，一脚踩空；他扔掉撑杆，手脚在空中回旋飞舞，他比撑杆更快地跌落到深处。市场和群众就像风暴来临时的大海，大家纷纷逃避，彼此践踏，在走钢索者的身体坠落的地方，更是拥挤不堪。

但是查拉图斯特拉仍然站着不动，那跌下来的身体正好落在他的旁边，血肉模糊，肢体断裂，但还没有死去。过了一会儿，这位肢体断裂者苏醒过来，他看到查拉图斯特拉跪在他旁边。

"你在这里做什么？"他终于说话了，"我早就知道，魔鬼会将我绊倒。现在他把我拖进地狱。你想阻止他吗？"

"我以我的名誉担保，朋友，"查拉图斯特拉答道，"你所说的一切都不存在，没有魔鬼，也没有地狱。你的灵魂会比你的肉体死得更快，你现在什么也不用害怕了！"

那个人不相信，抬头望着他。"如果你说的是真实的，"他接着说，"那么，即使我的生命消失了，我也毫无损失。我跟一头动物差不多，我也是人家用鞭笞和少量食物教以跳舞的动物。"

"肯定不是，"查拉图斯特拉说道，"你冒险从事你的职业，这没有什么可轻视的。现在你因你的职业而毁灭，为此我要用我的双手来埋葬你。"

当查拉图斯特拉说完这些话，那个垂死者不再回答。但他的手动了动，好像试图握查拉图斯特拉的手，以表示感谢。

7

这时夜幕降临，市场笼罩在暮色中。人群散去了，因为甚至连有好奇心的人和有惊恐感的人也变得疲乏不堪了。可是查拉图斯特拉却坐在死者旁边的地上，陷入沉思，因此他忘却了时间。最后黑夜来临，一阵寒风吹过这位孤独者。这时查拉图斯特拉站起来，对着他的内心说：

真的，查拉图斯特拉今天干了一件漂亮的捕鱼活！他捕到的不是一个人，而是一具尸体。

人的生存是可怕的，而且是毫无意义的。一个丑角可以成为人类不幸的命运。

我想教人类生存的意义，这就是超人，超人就是从人类的乌云中发射出来的闪电。

但是我仍然离他们很远，我的意识跟他们的意识谈不拢。在那些人看来，我仍然是处在傻子和死尸中间。

夜是黑暗的，查拉图斯特拉的道路也是黑暗的。来吧，你这冰冷而僵硬的伙伴！我背上你到我用双手埋葬你的地方去。

8

当查拉图斯特拉对着自己的内心说完这些话后,就把尸体背在背上,开始上路了。

他还没有走到百步,就有一个人悄悄地走近他,并且对他轻声低语——你看!这个说话的人就是那座塔里的小丑。

"离开这个城镇吧,哦,查拉图斯特拉,"他说,"这里恨你的人太多了。善者和正义者都恨你,他们说你是他们的敌人和蔑视者;有真正信仰的信徒们也恨你,他们说你是群众中的危险人物。他们嘲笑你,那是你的运气。真的,你说话就像一个小丑似的。你与这死狗结伴,也是你的运气。你这样低声下气,今天你倒是拯救了你自己。可是,你赶快离开这个城镇吧,不然,明天我从你身上跳过去,一个活人从一个死人的身上跳过去。"

这个人说完这番话,就消失了,但查拉图斯特拉仍然继续走在黑暗的街道上。

走到城门口,他遇上几个掘墓人。他们用火把照亮他的脸，认出是查拉图斯特拉，就大肆嘲弄他。

"查拉图斯特拉背走这条死狗。好极了，查拉图斯特拉变成了掘墓人！因为我们的手太干净了，不要碰这狗肉。查拉图斯特拉想偷走魔鬼的食物吗？那么好吧！祝你胃口好！但愿魔鬼不是一个比查拉图斯特拉更高明的窃贼！他会偷走他们两个，吃掉他们两个！"他们互相大笑，并且把脑袋凑到一块儿。

对此查拉图斯特拉一言不发，继续走自己的路。他走了两个小时，经过森林和沼泽，听到了很多饿狼在嚎叫，他自己也饿了，于是他就在一幢孤零零的房屋旁边停下，屋里还亮着灯。

"饥饿就像强盗一样袭击着我，"查拉图斯特拉说，"在树林里，在沼泽中，我的饥饿袭击着我，而且是在深夜里。

"我的饥饿有着古怪的脾气。它经常饭后才来，今天一整天都没来。它到哪里去了？"

因此查拉图斯特拉去敲那屋子的门。一位老者出现了，他提着灯问："谁来找我，打搅我睡觉？"

"一个活人和一个死人，"查拉图斯特拉说，"请给我一些吃的和喝的,白天我忘记了饮食。给饥饿者食物的人,也会使他自己的灵魂舒适。格言这样说。"

老者走开,但很快回来,给查拉图斯特拉送上面包和葡萄酒。

"对于饥饿者来说,这是个糟糕的地方,"他说,"为此我住在这里,动物和人都来找我这个隐居者。但是也叫你的伙伴来吃点喝点吧,他比你更加疲劳。"查拉图斯特拉答道:"我的伙伴死了,我很难劝他进食。""这不关我的事,"老者怏然不悦地说,"谁敲我家的门,都必须带走我提供给他的东西。吃吧,祝你们愉快,再见!"

接着,查拉图斯特拉又走了两个小时,沿着道路,披着星光,因为他是个习惯走夜路的人,而且喜欢正眼观看沉睡的万物。

可是,当天色破晓时,查拉图斯特拉发现自己在森林的深处,再也找不到一条出路了。于是他把死人放进头顶一棵空心树的树洞里——以防狼把他吃掉——他自己就躺在长着青苔的地上。

他很快就入睡了,身体疲乏,但灵魂安宁。

9

查拉图斯特拉睡了很久,不仅曙光,而且上午的阳光都从他的脸上掠过。但是,他终于睁开了眼睛。查拉图斯特拉惊奇地望着寂静的森林,惊奇地观察自己的内心,然后他很快站起来,好像一个水手突然发现陆地一样,欢呼起来,因为他发现了一个新的真理。然后他对自己的内心如是说:

我豁然省悟:我需要伙伴,活的伙伴,不是我想去哪里都随身背上的死的伙伴和尸体。

我特别需要的还是活的伙伴,他们跟随我,因为他们要走自己的路——到我要去的地方。

我豁然省悟:查拉图斯特拉不对群众说话了,而只对伙伴说话!查拉图斯特拉不应成为羊群的牧羊人和牧犬!

从羊群中诱骗走许多羊——我为此而来。群众和羊群会对我感到恼怒,牧羊人会称查拉图斯特拉为强盗。

我称他们为牧羊人,但是他们却自称为善者和正义者。我称他们为牧羊人,但他们却自称为有真正信仰的信徒。

看看这些善者和正义者！他们最恨谁？最恨的是打碎他们价值体系的人，那个破坏者，那个犯罪者——然而他却是创造者。

看看这些具有一切信仰的信徒！他们最恨谁？最恨的是打碎他们价值体系的人，那个破坏者，那个犯罪者——然而他却是创造者。

创造者寻找伙伴，不是寻找死尸，也不是寻找羊群和信徒。创造者寻找共同创造者，他们要把新的价值写在新的价值体系上。

创造者寻找伙伴和共同收获者，因为在他的眼前，一切东西都已成熟，等待收获，但他缺少一百把镰刀。于是他拔掉麦穗，十分生气。

创造者寻找伙伴和那些懂得磨他们的镰刀的人。人们会称他们为毁灭者，以及善与恶的蔑视者，然而他们却是收获者和欢庆者。

查拉图斯特拉寻找共同创造者，查拉图斯特拉寻找共同收获者和共同欢庆者。他和羊群、牧羊人、死尸有什么关系！

而你，我的第一个伙伴，安息吧！我已把你好好地埋葬在你的空心树洞里，把你隐藏好，免遭狼的侵害。

但是我要向你告辞，时间到了。在曙光与曙光之间，我获得一个新的真理。

我不应该是牧羊人，也不应该是掘墓人。我甚至不想再与群众说话；我最后一次跟死人说话。

我想结交创造者、收获者、欢庆者，我想让他们看看彩虹和超人的所有阶梯。

我要对单独的隐居者和成双的隐居者唱我的歌；谁愿意倾听从未听过的东西，我要用我的幸福使他心情沉重。

我要走向我的目标，我走我的路；我要超越那些迟疑者和拖拉者。因此，我的进程就是他们的没落。

10

查拉图斯特拉对他的内心说完这番话，太阳正当午。这时他探询地仰望天空——因为他听到头顶传来一只鸟的尖叫声。看啊！一只鹰在空中兜着大圈子翱翔，它身上缠绕着一条蛇，不像是捕获物，倒像是女朋友，因为它盘卷着大鹰的脖子。

"这是我的动物！"查拉图斯特拉说，并且心里感到很高兴。

"这是太阳底下最高傲的动物，这是太阳底下最聪明的动物——它们出来探寻情况。

"它们想查明，查拉图斯特拉是否还活着。真的，我还活着吗？

"我发现，在人类中间比在动物中间更危险，查拉图斯特拉走的是惊险的道路。愿我的动物为我引路吧！"

查拉图斯特拉说完这番话，想起森林中那位圣人的话，叹了一口气，然后对自己的内心如是说：

但愿我更聪明些！但愿我十分聪明，就像我的蛇一样！

但是我所要求的是不可能的事情，所以我就要求我的高傲永远与我的智慧同行！

假如有朝一日我的智慧离开我——啊，它喜欢飞走！——那么，但愿我的高傲还能与我的愚昧一起飞吧！

——于是查拉图斯特拉开始下山。

人生的智慧

不是山峰,而是山坡才是可怕的!

在山坡上,目光往下看,而手却要向上抓。这时,心面临它的双重意志而感到眩晕。

啊,朋友们,你们也许已猜测出我心里的双重意志了吧?

我的目光望着山峰,而我的手却想在低处抓着、支撑着。这,这就是我的山坡,我的危险!

我的意志紧紧抓住人,我用链条把我和人拴在一起,因为要把我往上拉到超人那里去;因为我的另一个意志要到那里去。

对此,为了我的手不至于完全失去对坚实之物的信念,我盲目地生活在世人中间,就像不认识他们似的。

我不认识你们世人——这种昏暗和安慰常常弥漫在我的周围。

我坐在每个无赖必经的通道旁边,问道:"谁愿意来骗我?"

这是我的第一种人生的智慧:我让别人来骗我,为了不用去提防骗子。

啊,如果我提防世人,世人怎能做牵制我的气球的铁锚呢!那样就太容易把我拉上去,拉走!

这是支配我命运的天意,我必须去掉戒心。

在世人中间谁不想渴死,谁就必须学会从所有的杯子里喝水;在世人中间谁想保持清洁,谁就必须懂得用脏水也能洗澡。

于是,我经常自我安慰说:"好吧!好吧!我年老的心!你没有遇到不幸,就把不幸当作你的幸福来享受吧!"

可是,这是我的第二种人生的智慧:比起高傲者,我更宽容虚荣者。

受伤害的虚荣心不是所有悲剧之母吗?但是,在高傲受伤害的地方，那里还会生出比高傲更好一点的东西来。

为了能够很好地观看人生，人生这场戏必须演好。但是，为此需要好演员。

我发现所有的虚荣者都是好演员，他们表演，并且希望人们喜欢观看他们——他们的全部精神都集中在这种意志上。

他们虚构情节，尽情表演；我喜欢在他们周围观看人生这场戏——它可以治疗忧郁。

因此我宽容虚荣者，因为他们是医治我的忧郁的医生，并且使我紧紧地依附民众，犹如留恋戏剧一样。

然后：谁能测出虚荣者身上的谦虚有多深！我喜欢虚荣者，同时对于他的谦虚深感惋惜。

他想从你们那里学会自信；他从你们的目光中吸取营养，从你们的手里享用赞美。

如果你们巧妙地对他说谎，他也相信你们的谎言，因为他在内心里叹息："我算得了什么！"

如果说真正的道德就是不了解自己本身，那么，虚荣者就是不了解自己的谦虚！

可是，这是我的第三种人生的智慧：我不会因你们的恐惧失去注视恶人的模样的兴趣。

我非常高兴看到炎热的太阳孵化的奇迹：老虎、棕榈树、响尾蛇。

甚至在人世间也有炎热的太阳孵化的美丽的后代，还有许多令人惊讶的恶魔。

更确切地说，正如你们的最有智慧者在我看来也不那么聪明一样，我发现世人的恶毒也没他们的名声那么坏。

我常常摇摇头问道："你们这些响尾蛇，为什么还一直发出啪嗒啪嗒的声响？"

真的，对于恶人来说也还有一个未来！而对于世人来说最酷热的南方还没有被发现。

有些东西现在被称为极度的邪恶，可它只不过十二英尺①宽，三个月大的长度！可是，总有一天还有巨龙出生。

因为，超人不能缺少他的龙，那种与他相称的超龙。因此，需要炎热的太阳多多照射到潮湿的原始森林里！

---

① 1英尺等于0.3048米。

你们的野猫必须先演变为老虎，你们的毒蛤蟆必须演变为鳄鱼，因为好猎手应该有好猎物！

真的，你们这些善者和正义者！你们有许多可笑的东西，特别是你们对至今被称为"恶魔"之物的恐惧！

你们的灵魂对伟大的事物如此陌生，因此超人的善使你们感到恐惧！

你们这些智者和学者，你们也许会躲避智慧之烈日，可是超人却快乐地在烈日下裸体沐浴！

你们这些我的目光所遇到的最高等的人！这是对你们的怀疑和窃笑。我猜测，你们也许会称我的超人为——魔鬼！

啊，我已厌倦这些最高等的人和上等人；我要求自己离开他们的"高处"，向上，向外，直奔超人！

当我看到这些上等人赤身裸体时，一种恐惧向我袭来。这时我生出翅膀继续飞往遥远的未来。

飞往比任何艺术家梦想过的更遥远的未来，更南的南方；飞往神仙们以一切衣裳为耻的地方！

可是，你们这些邻人、同胞，我想看到你们装扮起来，好好打扮一下，像"善者和正义者"那样爱虚荣，那样有尊严。

我自己也想装扮一下坐在你们中间,使我认不出你们和我:这是我最后的人生智慧。

著名的智者

你们所有著名的智者,都是为民众和民众的迷信服务的!而不为真理服务!正因如此,人们向你们表示敬意。

因此,人们也能容忍你们无信仰,因为无信仰对民众而言是一种玩笑和计谋。犹如主人对他的奴隶不加约束,甚至还对他们的放肆行为感到扬扬得意。

可是被民众憎恨的人,就像狼被狗憎恨一样,他是自由的精神、戴上枷锁的敌人、拒绝崇拜的人、林中居住者。

把他从他的藏身地赶走——这一直被民众称为"正义感",民众总是带着他们牙齿最锐利的狗去追捕他。

"因为民众所在的地方,就是真理所在之处!唉,探求者多么不幸啊!"自古以来都发出这样的声音。

你们崇敬民众,愿意为他们的正义辩护,你们称之为"追求真理的意志",你们这些著名的智者!

你们的心总是对自己说:"我来自民众。我觉得,上帝的声音也是从那里来的。"

你们像驴一样固执,聪明,你们总是作为民众的代言人。

有些有权势的人,想跟民众和睦相处,就在他骑的马前面套上一头驴:一个著名的智者。

你们这些智者,现在我想,你们最终会把披在你们身上的狮子皮完全扔掉!

这斑驳陆离的猛兽皮,这位研究者、探求者、征服者的毛!

啊,要让我学会相信你们的"诚实",对此,你们首先必须打破你们崇拜的意志。

我称这样的人是诚实的,他走进无神的荒漠,打破了自己的崇拜之心。

在黄沙地里,赤日炎炎似火烧,他渴望着泉水涌流的绿岛，在那里，生物在浓密的树荫下休憩。

但是，他的干渴无法说服他变得像这些养尊处优的人那样，因为有绿洲的地方，也有偶像。

挨饿、残暴、孤独、不信神，狮子的意志就要这样。

从奴仆的幸福中解放出来，从神和崇拜中解脱出来，无所畏惧而令人生畏，伟大而孤独，这是诚实者的意志。

自古以来，诚实者住在荒漠之中，他们是具有自由思想的人，是荒漠中的主人。

可是，居住在城市里的却是养尊处优的著名的智者——这些役畜。

因为他们作为驴总是拉着民众的大车！

我并不因此生他们的气。可是，我觉得，他们仍然是奴仆和被驾驭者，尽管他们被金色的挽具照得闪闪发光。

他们常常是好的奴仆，并且值得称赞。因为道德这样说："如果你一定要当奴仆，那么你就去寻找你的服务对其最有用处的人！你主人的精神和道德会由于你当他的奴仆而成长,这样你本身也随着他的精神和道德得到成长!"

真的,你们这些著名的智者,你们这些民众的奴仆!你们自己同民众的精神和道德一起成长,而民众也通过你们得到成长!为了向你们表示尊敬,我说了这番话!

可是,我认为,从你们的道德来看,你们也还是民众,视力不好的民众,不懂得精神是什么的民众!

精神就是剖析自己生命的生命,它在自己的痛苦中增长自己的知识——这点你们是否知道?

精神的幸福在于:涂上圣油,在泪水中做供奉的牺牲品——这点你们是否知道?

盲人的盲目性,以及他的寻求和摸索应该还能证明他张望到的太阳的威力——这点你们是否知道?

有识之士应该学会用大山搞建设!精神移山是罕见的——这点你们是否知道?

你们只知道精神散发出来的火花,但你们没有看到精神本身是铁砧,没有看到它的铁锤的残酷!

真的,你们不知道精神的高傲!可是,一旦精神的谦虚想说话,你们就更不能忍受它的谦虚了!

你们绝不可以把你们的精神抛进雪坑,你们还没有足够的热量这样做!所以你们也不知道雪的寒冷多么令人陶醉。

可是,我认为,你们在各个方面与精神过于亲密;你们经常用智慧为拙劣的诗人建造贫民院和医院。

你们不是鹰,因此你们也不知道精神在惊恐中的快感。你若不是鸟,就不应该在深渊上空筑巢栖息。

在我看来,你们像温水。可是,每一个深刻的认识都在寒冷的流水中。精神最深处的泉水是冰冷的,这股清泉对灼热的双手和火热的行动者是一方清凉剂。

我看你们端庄地、拘谨地、腰板笔直地站在那里,你们这些智者!没有强劲的风和意志能够驱赶你们。

难道你们从未见过风帆驶过大海,被猛烈的飓风吹得隆起,鼓鼓地抖动着?

我的智慧,我疯狂的智慧,像风帆一样越过大海,被疯狂的精神吹得颤抖着!

可是,你们这些民众的奴仆,你们这些著名的智者,你们怎么能够与我同行!

市场之蝇①

我的朋友,逃进你的孤独中去吧!我看你被大人物的喧闹震聋,又被小人物的针刺刺伤。

树林与岩石懂得同你庄严地保持沉默。你又像你喜爱的、枝叶茂盛的大树那样:它伸展在大海之上,静静地倾听着。

寂静停止的地方,市场就开市了;市场开市的地方,大演员的喧闹声和毒蝇的嗡嗡声也就开始了。

世界上最好的事物,如果没有人首先去表演,它也是毫无用处的。民众把这些表演者叫作大人物。

民众对伟大不甚理解,伟大就是创造力。但是民众

---

① 比喻吹捧演员和伟大人物的愚民。

轻信了做大事情的表演者和演员。

世界围绕着新价值的发明者转动——世界的转动是看不见的。但是民众和荣誉在围绕着演员们旋转，世界的运转就是这样的。

演员有精神，但是精神上的良知甚少。他永远信任那些他借以最有力地让人相信的东西——让人相信他自己。

明天他有一个新的信仰，后天他又有一个更新的信仰。他像大众一样，具有敏锐的感觉和易变的嗅觉。

使人震惊，对他而言，就是证明。使人发狂，对他而言，就是确信。他把血看作全部理由中最好的理由。

他把只会钻进敏锐的耳朵里的真理，称为谎言和虚无。的确，他只相信在世上创造巨大噪声的神！

市场上有众多欢乐的滑稽表演者——群众为这些大人物而自豪！在群众眼中，他们是当今的主人。

但是时间逼着他们，因此他们也逼着你。他们甚至要你说出赞成与反对。哎呀，你想在赞成与反对之间选择座位吗？

你这个爱好真理的人，不要因这些绝对者和逼迫者而嫉妒！真理还从来没有挽过一个绝对者的手臂。

由于突如其来的人，你还是回到你的安全地带去吧，只有在市场上人们才会受到"对吗？"或"不对吗？"的突然袭击。

物体沉入所有深井的过程都是缓慢的。深井必须等待很久，才能知道，是什么东西掉到它们的深处。

所有伟大的事物都发生在远离市场和荣誉的地方，新价值的发明者从来都是居住在远离市场和荣誉的地方。

我的朋友，逃进你的孤独里去吧，我看见你被毒蝇刺伤。逃到刮着猛烈的暴风的地方去吧！

逃到你的孤独里去吧！你跟那些小人和可怜虫住得太近了。逃离他们暗中的报复吧！他们反对你，只有靠报复，别无其他。

你不要再举起胳臂反对他们！他们是无数的，当蝇拍不是你的命运。

这些小人和可怜虫是无数的；有些雄伟的建筑物已经毁于雨点和野草。

你不是石头，但是你已被许多滴水穿空。我认为，你还会被许多雨点毁坏。

我看见你被毒蝇侵扰得疲惫不堪，我看见你遍体出血；而你的傲气一点都不想发怒。

毒蝇毫无恶意地想要你的鲜血，他们无血的灵魂渴求鲜血，所以他们就毫无恶意地刺你。

但是，你这个深情的人，即使是小伤口，你也深受痛苦；而在你的伤口还没有痊愈之前，同样的毒虫又爬上你的手。

在我看来，你太傲慢了，以至于不会去杀死这些偷食者。但是你要小心，承受他们所有恶毒的不公正行为会成为你的厄运！

他们也以他们的赞美在你的周围发出嗡嗡之声，他们的赞美就是纠缠不休。他们想接近你的皮肤和你的鲜血。

他们奉承你，就像奉承神仙或魔鬼；他们在你面前哀求，就像在神仙或魔鬼面前哀求一样。这算得了什么？他们只不过是奉承者和哀求者罢了。

他们也常常在你面前显示出亲切的样子。但是，这始终是怯懦者的聪明。是的，怯懦者是聪明的。

他们以他们狭隘的灵魂对你有许多看法，他们不断地怀疑你！凡事考虑太多，都令人生疑了。

他们由于你的全部道德而惩罚你。他们完全原谅你的只有你的错误的做法。

因为你温和，有正义感，你说："他们卑微的存在是无罪的。"但是他们狭隘的灵魂在想："一切伟大的存在都是有罪的。"

即使你对他们温和，他们也还是感觉到被你蔑视；他们则以掩饰暗藏的恶行来回报你的善举。

你沉默的高傲总是违背他们的趣味；一旦你表现出足够的谦虚，毫不显耀自己，他们就得意扬扬。

我们从一个人身上识别出某种东西，我们也以此抨击他。因此你要提防小人！

在你面前，他们觉察到自己的卑微，他们的卑微在看不见的复仇火花中向你发出火星。

难道你没有察觉到，当你踢他们一脚时，他们常常沉默不语，他们的力量从他们身上消逝而去时，就像余烟从熄灭的火中飘散一样？

是的，我的朋友，你对你周围的人是没有良心的，因为他们对你没有价值。因此,他们恨你,并且很想吮吸你的血。

你周围的人将永远是毒蝇;你身上伟大的东西必然会使他们变得更加有毒,更加像苍蝇一样。

我的朋友,逃进你的孤独里去吧!逃到刮着猛烈的暴风的地方去吧!当蝇拍不是你的命运!

山上的树

查拉图斯特拉的眼睛看到,一个少年在躲避他。有一天傍晚,他独自穿过环绕那个叫"彩牛"的城镇的山。

瞧,他在走路时发现这个少年靠在一棵树旁坐着,以疲倦的目光望着山谷。查拉图斯特拉撑着那个少年倚靠的那棵树,如是说:

"如果我想用我的双手摇动这棵树,我可能做不到。

"但是我们看不见的风可以随意折磨它,风可以吹弯它。我们被看不见的双手十分严重地折弯和折磨。"

这个少年露出惊慌的神色,站起身来说:"我听出是查拉图斯特拉的声音,我刚刚还在想他。"

查拉图斯特拉答道:

"你为什么感到惊讶?可是,就人而言,跟树的情况是一样的。

"树越想升向高空和亮处,它的根就越有力地追求伸向地里,伸向下面,进入黑暗,进入深处——进入罪恶。"

"是的,进入罪恶!"少年喊道,"你怎么可能发现我的灵魂呢?"

查拉图斯特拉微笑着说:"有些人的灵魂是永远不会被发现的,除非人们预先去虚构它。"

"是的,进入罪恶!"少年再次喊道,"你说的是真实的,查拉图斯特拉。自从我想上升到高处以来,我就不再相信我自己,也没有人再相信我。这到底是怎么回事呢?

"我变化得太快了,我的今天反驳我的昨天。当我登高时,我常常跃上几个台阶——没有哪个台阶会原谅我这样做。

"当我在高处时,我发现自己总是很孤单。没有人跟我说话。寂寞的寒气使我颤抖。我为什么要待在高处呢?

"我的蔑视和我的渴望互相增长;我登得越高,我就越发蔑视登高的人。他在高处究竟想要什么呢?

"我为我的攀登和跟跄感到多么羞愧!我多么嘲笑我的剧烈的喘气!我多么憎恨高飞的人!我在高处多么疲惫!"

这时少年沉默不语。他们站在那棵树旁,查拉图斯特拉注视着那棵树,如是说:

"这棵树独自屹立在这里的山坡旁,它超越了人和兽向高处生长。

"如果它想说话,它或许找不到能理解它的人,它长得这么高。

"现在它在等待,一再等待——它到底在等什么呢?它的住处离云层太近;它也许在等待第一道闪电?"

当查拉图斯特拉说完这番话后,那个少年做了个激烈的手势喊道:"是的,查拉图斯特拉,你说的是真理。当我想登高时,我渴求我的毁灭,你就是我等待的闪电!你看,自从你在我们这里出现,我还算什么呢?

我对你的嫉妒毁坏了我!"少年这么说,并痛哭流涕。但是查拉图斯特拉用手臂搂着他,带着他和自己一同离去。

他们一起走了一会儿,查拉图斯特拉开始如是说:

"我的心碎了,你的眼神比你的言语更好地把你所有的危险告诉了我。

"你还没有自由,你还在寻找自由。你的寻求使你夜不能寐,过度清醒。

"你想到达自由的高处,你的灵魂渴望群星。但是,甚至你那恶劣的本能也渴望自由。

"你的野狗想要自由。倘若你的精神力求打开全部监狱,那么它们就会在地牢里快乐地狂吠。

"我觉得,你还是一个为自己编造自由的囚犯。啊,对于这种囚犯来说,其灵魂变得聪明了,但也变得狡猾和恶劣。

"精神得到解放的人还要洗刷自己。在他的心里还保留有许多监狱里的东西和霉味,他的眼神也要纯化。

"是的,我知道你的危险。但是,出于我的爱和期望,我恳请你:不要抛弃你的爱和希望!你还觉得自己高贵，那些怨恨你并向你投去恶意目光的人，也还觉得你高贵。你要知道，一个高贵者，挡住了大家的去路。

"一个高贵者甚至也挡了善人们的道，即使他们称高贵者为善人，但他们只是想以此把他赶走。

"高贵者想要创造新生事物和一种新的道德。善人想要古老的东西，并且要永久保留它。

"但是，高贵者的危险不在于他会变成善人，而在于他会变成无耻之徒、讥讽者和毁人者。

"啊，我知道那些失去自己最高希望的高贵者。而现在他们诽谤一切高尚的希望。

"现在他们无耻地度日，沉浸在短暂的欢乐之中，生活几乎没有目标，得过且过。

"'精神也是情欲。'他们这样说。这时，他们的精神折断了翅膀。现在它到处爬行，在咬啮中污染了一片。

"从前他们想成为英雄，现在他们是荒淫之徒。在他们看来，当英雄是痛苦和恐惧的。

"但是，出于我的爱和期望，我恳请你：不要抛弃你灵魂中的英雄！庄严地维护你最高的希望！"

创造者之路

我的兄弟,你想走进孤独中去吗?你想寻找通向你自己的道路吗?请你犹豫片刻,听我说吧。

"寻求者很容易迷失方向。所有的孤独都是罪过。"群众这样说。而你很久以前就是群众了。

群众的声音也在你心里回响。如果你说:"我不再跟你们拥有同一个良心。"这将是一种悲叹和痛苦。

你看,这种痛苦本身还产生于同一个良心,这种良心的最后微光还在你的悲伤中闪光。

可是,你想走通往你自己的悲伤之路吗?那么,请你告诉我,你这样做的权利和力量是什么吧!

你是一种新的力量和一种新的权利吗?是首次的运

动吗？是自转的轮子吗？你甚至能强迫星星绕着你转动吗？

啊，向往高处的欲望太多了！野心家的违法行为太多了！请你告诉我，你不是欲望者和野心家！

啊，有这么多伟大的思想，它们表现出来的不过是一个风箱：给它们打气，却依然中空。

你说你是自由的？我想听听你主导的思想，不想听你说已挣脱了一个枷锁。

你是一个可以挣脱枷锁的人吗？有一些人，当他们去掉身上的卑屈性时，也抛弃了自己身上最后的价值。

自由从何而来？这关查拉图斯特拉什么事！可是你的眼睛应该清楚地告诉我：要自由干什么！

你可以把你的善与恶给予你自己吗？你可以把你的意志像法律一样高悬在你的前方吗？你可以做你自己法律的法官和复仇者吗？

与有自己法律的法官和复仇者单独相处是可怕的。那就像一颗星被抛到荒芜的空间和冰冷的空气中一样。

今天，你一个人，还在为许多人受苦；今天，你仍然完全拥有你的勇气和你的希望。

可是将来，孤独会使你疲惫不堪。有朝一日，你的高傲会弯下腰来，你的勇气会吱吱泄气。有朝一日，你会叫喊："我很孤独！"

有朝一日，你将再也看不到你的高贵，你的卑贱离你太近；你的崇高就像幽灵一样将使你恐惧。有朝一日，你会叫喊："一切都是虚假的！"

感情想杀死孤独者；如果不成功，那么感情本身就得死去！可是，你能当凶手吗？

我的兄弟，你已经认识"蔑视"这个词了吧？你这种公正的痛苦就在于，对蔑视你的人也要公正对待。

你强迫许多人改变对你的看法；他们为此会对你非常生气。你走近他们，但却走了过去。对此，他们决不原谅你。

你走过并超过了他们。但是，你登得越高，嫉妒的眼光把你看得越渺小。飞跃者最遭人憎恨。

"你们想怎样公正评价我呢？"你必须说，"我为我自己选择了你们的不公正评价作为给予我的那部分。"

他们把不公正和污物抛向孤独者。但是，我的兄弟，如果你想成为一颗星，那你不能用太少的光去照耀他们！

你要提防善者和正义者！他们喜欢把那些为自己发明道德的人钉上十字架，他们憎恨孤独者。

你也要当心那种神圣的单纯者！一切不单纯的东西，在"神圣的单纯者"看来都是不神圣的；它也喜欢玩火——火刑柴堆。

你还要提防你的爱的爆发！孤独者遇到他人时，太快把手伸过去跟人家握手。

有一些人，你不可以把手伸给他们，只能伸出爪子。而且我希望，你的爪子也是利爪。

但是，你可能遇到的最坏的敌人始终是你自己；你在山洞里和森林里暗中伏击你自己。

孤独者，你走在通向你自己的路上吧！你的道路会从你自己的身边和七个魔鬼的旁边经过！

对你自己来说，你将成为异教徒、女巫、预言者、傻瓜、怀疑者、非圣徒和恶棍。

你必须学会在自己的火焰中焚烧自己。如果你不先把自己烧成灰，你怎么能获得新生！

孤独者，你走创造者的道路，你想从你的七个魔鬼中为你自己创造一个神！

孤独者，你走热爱者的道路，你爱你自己，所以你蔑视你自己，就像只蔑视热爱者一样。

热爱者想创造，因为他被蔑视！他不需要蔑视的，正是他所爱的，那他知道什么是爱！

我的兄弟，带着你的爱和你的创造，走进你的孤独吧。以后，正义才会一瘸一拐地跟在你后头。

我的兄弟，带着我的眼泪走进你的孤独吧。我爱那种想超越自己去创造，并因此而毁灭的人。

被毒蛇咬伤

有一天,查拉图斯特拉在一棵无花果树下睡着了,因为天气很热,他把手臂放在脸上。这时来了一条毒蛇,在他脖子上咬了一口,他痛得叫喊起来。当他把手臂从脸上拿开时,他看着这条蛇;这时毒蛇认出了查拉图斯特拉的眼睛,就迟钝地转过身,想要逃跑。"别跑,"查拉图斯特拉说,"你还没有接受我的感谢呢!你及时唤醒了我,我要走的路还很漫长呢。""你要走的路不长了,"毒蛇悲伤地说,"我的毒汁会杀死你的。"查拉图斯特拉微笑着。"什么时候有过一条龙死于蛇的毒汁呢?"他说,"请把你的毒汁拿回去吧!你还没有富裕到可以给我赠礼。"于是,毒蛇重新盘住他的脖子，并且舔他的伤口。

有一次，查拉图斯特拉将这事告诉他的学生，他们问道："哦，查拉图斯特拉，你这个故事的道德含义是什么？"于是查拉图斯特拉这样回答道：

"善者和正义者称我是道德的破坏者，说我的故事是不道德的。

"可是，如果你们有个敌人，那么，你们对他不要以德报怨，因为这会使他感到羞愧。你们反而要表示出，他为你们做了一点好事。

"你们与其使对手感到羞愧，倒不如对他发怒！如果你们被咒骂，然后反而想对人家说感激的话，我不喜欢这样做。宁可用咒骂回敬他！

"如果你们受到非常不公正的对待，我认为，你们应尽快以五个小的不公正予以回报。单独受到不公正的压迫，使人看了会感到厌恶。

"这一点你们已经知道了吗？平分的不公正是半个公正。能够承受不公正的人，应当把不公正承担起来！

"一个小的报复比根本不报复更合乎人情。如果惩罚对违法者来说也不是一种公正和一种荣誉，那么，我也不喜欢你们的惩罚。

"承认自己不公正,比坚持公正更高尚,特别是当你有道理的时候。只是你必须有足够的道理。

"我不喜欢你们冷酷的公正。我总觉得,从你们法官的眼睛里露出刽子手的神色及其冰冷的钢刀的影子。

"你们说,在哪里可以找到具有明察眼光之爱的公正呢?

"请你们为我创造出这样的爱:它不仅承担所有的惩罚,而且也承担所有的罪过!

"请你们为我创造出这样的公正:除了法官以外,它宣判所有人无罪!

"你们还想听听这件事吗?对于想要完全公正的人来说,甚至谎言也会变成对人类的友爱。

"可是,我怎么会想要完全的公正呢!我怎样才能把每个人应有的公正给回他们自己呢?我把我的公正给每个人,这样我就满足了。

"最后,我的兄弟们,你们要避免对所有的隐居者做出不公正的事!隐居者怎么会忘记他蒙受的不公平呢!他怎么会报复不公正的事呢!

"一个隐居者如同一口深井。往井里扔进一块石头很容易,可是,如果石头沉到井底,你们说,谁还愿意再把它取出来呢?

"你们要当心,不要去伤害隐居者!可是,如果你们已经这样做了,那么,就干脆杀了他吧!"

无赖

生命是快乐的源泉。可是,有水井的地方,若无赖来共饮,泉水就会被毒化。

我喜爱一切纯洁的东西。可是,我不喜欢看到庸俗者的奸笑和不洁者的干渴。

他们把目光投向水井里。现在我看到,他们那令人厌恶的微笑从水井里反射上来。

他们用他们的贪婪毒化了神圣的水;当他们把卑鄙的梦想称作快乐时,他们也毒化了语言。

当他们把潮湿的心靠近炉火时,火焰也会生气;当无赖走近炉火时,精神甚至沸腾而冒烟。

果子到了他们手里就会变得过甜,随后腐烂;他们的目光投向果树时，果子就会被风吹落，树梢就会干枯。

有些人抛弃人生，只是抛弃了无赖，他们不想与无赖共享泉水、火焰和果子。

有些人走进沙漠，和野兽一起忍受干渴，他们只是不想和肮脏的骑骆驼者一起坐在蓄水池周围。

有些人像破坏者，又像打在谷物田地上的冰雹，他们来了，他们只想把脚伸进无赖的咽喉里，使他窒息。

懂得生命本身需要敌意、死亡和受折磨的十字架，这并不是通常哽住我的食物，而是有一次我提出的问题，我几乎被自己的问题噎得透不过气来：怎么？难道生命也需要无赖吗？

有毒的泉水，散发臭气的火焰，卑鄙的梦想和生命的面包里的蛆虫，难道这些都是必需的吗？

不是我的憎恨，而是我的恶心，像饿狼似的吞噬我的生命！啊，当我发现无赖也富有精神时，我常常对精神感到厌倦！

当我看清统治者现在所认为的统治是什么时，我就避开他们。他们的统治就是为了权力，跟无赖做黑市交易和讨价还价!

我住在语言不通的民族之中,耳朵闭塞;我对他们做黑市交易的语言和他们对权力的讨价还价不熟悉。

我捏住鼻子,不满地经历了昨天和今天的一切事情。确实,昨天和今天的一切事情都散发出文人无赖的恶臭!

我变得像一个又聋又瞎又哑的残疾人一样,我这样活了很久,我没有与权力无赖、文人无赖和作乐无赖混在一起。

我的精神艰难而谨慎地登上台阶;快乐的施舍使人神清气爽;生活像盲人拄着拐杖慢慢地熬过去。

我到底怎么了?我怎样才能摆脱厌恶感?谁能使我的眼睛返老还童?我怎样才能飞到高处,在那里再也没有无赖坐在井旁?

我的厌恶感本身已经为我增添了翅膀和预见源泉的力量了吗?真的,我必须飞到最高处,重新找到快乐之泉!

啊,我的兄弟们!我已经找到了这口快乐之泉。在这高高的顶峰上,快乐之泉为我喷涌而出!这里有一种新的生活，在这种生活中没有无赖坐在井旁！

快乐之泉，你几乎是过于迅猛地向我奔腾而来！你常常一饮而尽，以便再斟满酒杯！

我还要学会更加谦虚地接近你，我的心还是太猛烈地向着你涌动！

我的夏日在我心中燃烧，这短暂、炎热、郁闷、快乐的夏天——我这颗夏天的心是多么渴望你的清凉！

在春天，我那迟迟不去的忧郁消失了！在六月，我那邪恶的雪花融化了！我完全变成了夏天和夏天的中午！

高山之巅的夏天，有清凉的泉水和令人陶醉的宁静。啊，我的朋友，你们来吧。这宁静将变得更加令人陶醉！

因为这是我们的山峰，我们的家园。我们住在这里，这对一切不纯洁的人和他们的渴望来说，是太险峻了。

朋友们，把你们纯洁的目光投向我那快乐之泉吧！这泉源怎能因不纯洁的人而变得混浊呢？它应该以自身的纯洁微笑着去迎接你们。

在未来这棵树上，我们建筑自己的巢。鹰要以它们的喙为我们这些孤独的人送来食物！

真的，这不是不洁者可以一起进餐的食物！他们以为可以食火，而火却烧毁他们的嘴巴。

真的，我们这里没有为不洁者准备的居所！他们的身体和思想在冰窖里冻僵了，那就是我们的幸福！

我们要像疾风那样生活，高高地处在他们的上空，与雄鹰为邻，与白雪为邻，与太阳为邻，疾风就是这样生活。

有朝一日，我要像一阵风从他们中间吹过，我要以我的精神窒息他们的精神，这就是我将来想干的事情。

对于所有卑贱者来说，查拉图斯特拉就是一阵疾风，这是千真万确的！他劝告他的敌人和一切吐唾沫者："你们要当心，不要对着这阵风吐唾沫！"

夜之歌

夜已降临:现在全部的喷泉都在更大声地说话,而我的心灵也是一口喷泉。

夜已降临:现在一切爱者的歌声才响起,而我的心灵也是一位爱者的歌。

我心中有一种不平静的、不能平静的东西,它要变得响亮起来。我心中有一种对爱的渴望,它诉说着爱的言语。

我是光:啊,如果我是黑夜就好了!但是,我被光包围着,这正是我的孤独。

啊,如果我是黑暗和黑夜就好了!我多么想汲取光的源泉!

我还要祝福你们,你们这些闪烁的小星斗和空中的萤火虫!得到你们赠予的光,我感到幸福。

但是,我生活在自己的光之中,我要把我身上折射出去的光焰吮吸回来。

我不知道索取者的幸福,我常常梦想,窃取肯定比索取更快乐。

我的手不停地赠予,这是我的贫穷;我看见期待的目光和被照亮的渴望之夜,这是我的嫉妒。

啊,一切给予者的不幸!啊,我的太阳变得昏暗!啊,对欲望的渴求!啊,饱食中的异常饥饿!

他们向我索取,但是我触到他们的心灵了吗?在给予和索取之间有一道鸿沟,最终要在最狭窄的地方上面架桥。

在我的完美之中产生一种欲望:我想让我所照亮的人感到痛苦,我想抢劫我所赠予的人——所以我渴求恶毒。

如果有人把手伸向我,我就把手缩回来,就像瀑布一样,它在飞流直下时还犹豫了一下——所以我渴求恶毒。

我的富裕想起了这样的复仇,这样的险恶从我的孤独中冒出。

我从给予中得到的幸福,又在给予中消失,我的道德因其过剩而对它自己感到厌倦!

谁不停地给予,谁就有失去羞耻的危险;谁不停地分配,谁的手和心就会由于单纯的分配而起老茧。

我的眼睛不再为乞求者的羞耻而落泪;我的手变得又厚又硬,感觉不到索取者的双手在颤动。

我眼中的泪水和我心中的柔软到哪里去了?啊,所有给予者的寂寞!啊,所有发光者的沉默!

许多太阳环行在荒凉的地带,它们用自己的光芒对黑暗的万物说话,而对我却沉默不语。

啊,这是光对发光者的敌视,光毫不留情地改变自己的轨道。

在内心深处不能公正地对待发光者,对太阳冷漠——每个太阳只好都这么运行。

许多太阳就像风暴一样在自己的轨道上飞行,这就是它们的运行。太阳遵循着自己的无情的意志,这就是太阳的冷酷。

啊，你们这些黑暗和黑夜，只有你们才能从发光者那里获取热量！啊，只有你们才能从光源中吸取乳汁和养料！

啊，我的周围都是冰，我的手在冰上冻伤了！啊，我的心中充满着渴望，渴望着你们的企盼。

夜已降临：啊，我必须是光！渴望着黑夜！渴望着孤独！

夜已降临：现在我的要求像喷泉般从我心里涌出，要求我说话。

夜已降临：现在全部的喷泉都在更大声地说话，而我的心灵也是一口喷泉。

夜已降临：现在一切爱者的歌声才响起，而我的心灵也是一位爱者的歌。

超越自我

你们这些最有智慧者,你们把那种激励你们、使你们激动的东西称为"追求真理的意志"吗?

对一切存在的事物加以思考的意志——我这样称呼你们的意志!

你们首先要使一切存在的事物成为可想象的对象,因为你们抱着十分不信任的态度,怀疑这些事物是不是可想象的。

可是一切存在的事物应该顺从你们,屈从你们!你们的意志就是这样想的。它应该变得光滑,应该听命于精神,作为精神的镜子和映像。

你们这些最有智慧者,这就是你们的整个意志,称作追求强力的意志。即使你们谈论善与恶，谈论价值评估时，也是这样。

你们还想创造一个让你们可以跪拜的世界，因此这就是你们最终的希望和陶醉。

当然，那些没有智慧的人——民众，他们就像河流，一条小船在河上漂流，船上坐着庄严的、伪装的价值评估。

你们把你们的意志和你们的价值放在变化的河流上；民众认为善与恶的东西，向我透露出古老的追求强力的意志。

你们这些最有智慧者，就是你们把这些客人放在船上，给它们豪华的衣着和骄傲的名称——你们和你们统治的意志！

现在河流载着你们的小船向前驶去，河流不得不载着小船前行，尽管浪花飞溅，愤怒地拍打着龙骨，但也没什么用！

你们这些最有智慧者，你们的危险和你们的善恶的终止，不在于这条河流，而在于那种意志本身，那种追求强力的意志，那种不断产生的生命意志。

可是，为了让你们理解我的关于善与恶的名句，我还想给你们说我对生命和一切有生命者的本性的看法。

我跟随着有生命者，为了认识它们的本性，我走过最宽阔的路和最狭窄的路。

当有生命者闭嘴时，我就用百面镜子截住他的目光，为了让他的眼睛对我说话。于是他的眼睛就对我说了话。

可是，只要我找到有生命者的地方，在那里我也会听到关于服从的话题。一切有生命者都是服从者。

我听到的第二句话：不能服从自己的人，就要服从他人。这是有生命者的本性。

我听到的第三句话：命令比服从更难。不仅命令者要承担所有服从者的重负，而且这些重负很容易把他压垮。

我觉得，在一切命令中存在尝试和风险；当有生命者发出命令时，他对此总是要敢于承担风险。

是的，甚至他在命令自己时，也必须为自己的命令受到惩罚。他必须为他自己的法则当法官、复仇者和牺牲品。

这是怎么回事呢？我这样自问。是什么说服有生命者，他既要服从，又要命令，而且命令时还要服从？

你们这些最有智慧者，现在你们听我说！你们要认真检查一下，我是否钻进生命本身的心脏里？是否直到它的心脏的深处？

在我找到有生命者的地方，在那里我就会发现追求强力的意志；即使在奴仆的意志中，我也发现他有想当主人的意志。

弱者要为强者效劳，为此，弱者的意志劝说弱者，他要成为更弱者的主人——他唯独不想放弃这种乐趣。

就像小人物献身于大人物一样，小人物能从最小的人物那里得到乐趣和强力。因此，最大的人物也有献身的时候，他为了强力，要用生命冒险。

这是最大的人物的献身：冒险、危险和以死孤注一掷。

哪里有牺牲、效劳和爱的目光，哪里也有要当主人的意志。这时，弱者悄悄地通过秘密通道潜入城堡，直入强者的心脏——在那里窃取了权力。

生命本身把这个秘密告诉了我。"你看，"它说，

"必须永远超越自己的,就是我。"

当然,你们称之为生育的意志,或者称之为追求目标的动力,追求更高、更远和更多样化的动力。可是,这一切是完整的,是一个秘密。

我宁愿毁灭,也不愿放弃这个秘密。真的,哪里有毁灭和落叶,你看,哪里就有牺牲的生命——为了强力!

我必须是斗争、生成、目的和目的之间的矛盾。啊,谁猜得出我的意志,他一定也猜得出,我的意志必须走怎样曲折的道路!

无论我创造什么,无论我怎样爱它,很快我必须成为它的对手,我的爱的对手。我的意志要求这样。

有识之士啊,甚至你也只是我的意志要经历的一条小路和脚印。真的,我追求强力的意志也会转变为你追求真理的意志的足印。

向真理射去"追求存在的意志"这支箭的人,他当然射不中真理。这个意志——并不存在!

因为,不存在的东西,就不能有意志。可是,已存在的东西,怎么可能成为追求存在的意志呢!

只有有生命的地方,才有意志。可是,不是追求生存的意志,而是——我这样教你——追求强力的意志!

对生存者来说,许多东西的价值高于生命本身。可是,从这种评价本身表达出来的意思是——追求强力的意志!

就是说,生命曾经这样教导我。由此,我解开了你们心中的谜,你们这些最有智慧者。

真的,我告诉你们:永恒不变的善与恶是不存在的!它也必须反复地不断战胜自己。

你们这些价值评估者,你们以你们的价值和善与恶的言论来行使你们的权力,这是你们的秘密之爱,你们的灵魂之闪光、颤抖和洋溢。

可是,一种更加强大的力量从你们的价值内部生长出来,因为一种新的超越,必然把蛋和蛋壳打碎了。

在善与恶方面,谁要成为创造者,真的,他首先必须成为毁灭者,打破各种价值。

就是说,最大的恶是最大的善的一部分。可是,这种最大的善是创造性的。

你们这些最有智慧者,虽然有些事情是严重的,我们还是把它说出来。沉默更糟糕,一切隐瞒的真理都是有毒的。

可以被我们的真理毁掉的东西,就让它们全都毁灭吧!还有好些房屋要建造呢!

阅读与写作

在一切作品中,我只喜欢一个人用自己的血写成的东西。用血去写,你就能体会到,血就是精神。

要了解别人的血是不太容易的,我憎恨那些读书时懒洋洋的人。

谁要是了解这样的读者,他就不会再为其做任何事情。如果再过一个世纪还有这样的读者,精神本身就会发臭。

要是每个人都可以学会读书,持续下去,不仅会破坏写作,还会损害思想。

从前精神是上帝,后来它变成人,现在它甚至还沦为暴徒。

用血和格言写作的人，不愿被人阅读，而愿被人背诵。

在山里，最近的路是从顶峰到顶峰，但对此你必须有两条长腿。格言应该是顶峰，与其对话的应该是伟大而卓越的人。

顶峰上空气稀薄，而且纯净，危险近在咫尺，精神充满一种快乐的恶意，它们之间十分相配。

我愿意让小精灵围着我，因为我是勇敢的。勇气驱赶鬼怪，勇气为自己创造出小精灵，勇气想发笑。

我的感觉不再和你们一样。我俯视我下面的这片云，我嘲笑它的乌黑和沉重，这正是你们的雷雨云。

如果你们渴望升高，你们就向上仰望。而我是向下俯视，因为我已经升高。

你们当中谁能够同时大笑和升高呢？

谁登上最高的山峰，谁就嘲笑所有的悲剧和真实的悲剧。

勇敢、无忧、嘲笑、残暴——智慧要求我们这样。智慧是一个女人，她永远只爱一个战士。

你们对我说："生命是难以承受的。"可是你们为什么在上午那样傲慢,而在晚上就屈服了呢?

生命是难以承受的,但不要对我做出那样柔弱的样子!我们都是好看的、能负重的公驴和母驴。

玫瑰花苞因为有一滴露水滴在身上就颤抖起来。我们与玫瑰花苞有什么共同之处呢?

真的,我们热爱生命,不是因为我们习惯于生活,而是因为我们习惯于爱。

在爱中始终有点疯狂。而在疯狂中始终也有点理性。

在我这个热爱生命的人看来,蝴蝶、肥皂泡,以及人世间与此类似的东西,似乎最懂得幸福。

看到这些轻飘、愚昧、小巧、活泼的小精灵在飞舞——这诱使查拉图斯特拉落泪并歌唱。

我只相信一个懂得跳舞的神。

当我看见我的魔鬼时,发现他严肃、彻底、深奥、庄严:这是沉重的精神,万物因它而倒下。

人们不是由于愤怒而杀人,而是由于欢笑才杀人。来吧,让我们杀死这沉重的精神吧!

我学会了走路,此后,我让自己奔跑。我学会了飞行，此后，我不想让人推着前行。

现在我轻巧，现在我飞翔，现在我的心灵从高空往下看，看到了我自己，现在有一个神激励我向上飞。

学者

当我躺着睡觉时,这时一只羊在吃我头上的常青藤花冠——它边吃边说:"查拉图斯特拉不再是学者了。"

它说着,笨拙而傲慢地走了。一个小孩告诉我这件事。

我喜欢躺在孩子们游玩的地方,靠近断墙,在飞廉和红色的罂粟花丛底下。

对孩子们来说,甚至对飞廉和红色的罂粟花来说,我还是一位学者。他们是纯洁的,即使他们怀着恶意也还是纯洁的。

可是,对于羊来说,我不再是学者;这是我的命运所希望的——为我的命运而祝福吧!

因为这是真实的：我已经搬出学者之家，我还猛地关上了我背后的门。

我的灵魂忍饥挨饿地在学者的餐桌旁坐得太久；我不像他们那样针对这种认识进行训练，就像针对砸开胡桃壳那样。

我热爱自由，喜欢清新的大地上的空气；我宁愿睡在牛皮上，也不愿睡在学者的荣誉和尊严上面。

我感到太热了，被自己的思想燃烧；我常常气喘吁吁。我只好到户外去，离开所有蒙上尘埃的房间。

可是，他们却冷淡地坐在凉爽的背阴处。他们只想在一切事物中当个旁观者，避免坐在太阳火热地照射在台阶上的地方。

就像那些站在大街上盯着来往行人的人，他们也是这样等待着，盯着别人已经想到的主意。

如果有人伸手抓他们，他们就会不知不觉在自己周围扬起粉尘，像面粉袋散落的粉尘一样。但是，谁能猜到他们的粉尘是来自麦粒，来自夏季欢乐的金色的田野呢？

当他们摆出有智慧的样子时，他们微不足道的格言和真理使我不寒而栗；他们的智慧好像是从沼泽地中来的，常常散发出一种气味。真的，我甚至已经听到了从这种智慧中发出的呱呱的蛙声了！

他们做事很熟练灵巧，手指灵活。比起他们的多样性，我的单一性能做什么？他们的手指善于穿针、打结和编织，因此，他们在编织精神的袜子。

他们是精密的钟表机构，你只要细心地给他们上好发条就行了！然后他们会准确无误地报钟点，同时发出微小的响声。

他们就像磨粉机和杵那样工作，你只要给他们添加麦粒就行了！他们会把麦粒碾碎，磨成面粉。

他们互相监视，互不信任。他们精于耍小聪明，他们在等候知识偏缺的人，就像蜘蛛一样在等候。

我看见他们总是小心谨慎地准备毒药，这时他们手上总是戴着透明的手套。

他们甚至会用欺骗手段掷色子；我发现他们玩得很火热，以至于满头大汗。

我们互相不认识，他们的道德比起他们的奸诈和虚假的色子更令我恶心。

当我住在他们那里时，我住在他们楼上。因此他们怨恨我。

他们不想听到有一个人在他们头顶上行走；于是他们就把木头、泥土和垃圾放到我和他们的头顶之间。

这样他们就抑制了我的脚步声，至今我的声音最难被最渊博的学者听到。

他们把所有人的缺点和弱点都放到我和他们之间——他们称之为他们家里的"违章建筑"。

可是，尽管如此，我还是随同我的思想在他们的头顶上面走动；即使我想在我自己的错误上面行走，我也还是在他们之上，在他们的头顶之上。

因为人是不平等的——正义这样说。而且我想要的，他们没有资格想要！

漂泊者

午夜,查拉图斯特拉行路越过这个岛的山梁,他要在清晨抵达对面的海岸,因为他要在那里乘船。那里有个良好的码头,外国船也喜欢在那里停泊;这些船只运送那些想从幸福岛渡海过去的乘客。现在当查拉图斯特拉登上山路时,他途中回忆起自己从青年时期起就经常孤独地漂泊,攀登过多少山脉、山梁和山峰。

"我是一个漂泊者和登山者,"他对自己的内心说,"我不喜欢平原,似乎我不能长久静静地坐着。

"无论我有什么样的命运和经历,其中都会有漂泊和登山①。一个人最终只是体验自己。

---

① 以登山比喻要不懈地超越自己,达到自己的顶峰。

"我还能遇到机缘的时代已经过去了;现在还有什么是我尚未拥有的东西,还会降临到我的身上呢!

"我只有回来,我终于回家——我的自我,自我中的东西长期漂泊在异乡,飘落在万物和机缘中间。

"我还知道一件事:我现在站在我最后的山峰之前,这是我逗留最久的山峰。啊,我必须登上我的最艰难的道路!啊,我开始了我的最孤寂的漂泊!

"可是,谁与我是同类型的人,他就无法逃避这样一个时刻,这个时刻会对他说:'现在你才走上你的伟大事业之路!高峰和深渊——现在它们已经合为一体了!'

"你走你的伟大事业之路:向来被称为你最后的危险的地方,现在成了你最后的庇护所!

"你走你的伟大事业之路:现在你后无退路,这肯定给你最大的勇气!

"你走你的伟大事业之路:这里不会有人偷偷地尾随着你!你的脚已毁坏你身后的道路,路面上写着:不可能。

"如果从现在起你缺少所有的梯子,那么你必须懂得，你还可以登上你自己的头顶。你还能想其他的办法向上攀登吗？

"登上你自己的头顶，越过你自己的心！现在你身上最温柔的东西还必须变成最坚强的。

"谁过分爱惜自己，他最后会由于自己过分的爱惜而生病。去赞美使人坚强的东西吧！我不会赞美流出奶油和蜂蜜的地方！

"必须学会不考虑自己，才能看得多——这种坚强对于每个登山者都是必要的。

"可是，谁作为有识之士以目光逼人，那么他对于万物，除了看见表层的东西外，怎么能看得更多呢！

"可是你，哦，查拉图斯特拉，你想看到万物的根本和背景，那么你就必须超越自己向上登——向上登，直到你看见你的星群在你脚下！

"是的！俯视我自己，还有我的星群，这才是我的顶峰，留给我的最后的顶峰！"

查拉图斯特拉在登山时对自己如是说，用坚定的言辞安慰他的心，因为他的心还从未如此伤痛过。当他登上山梁的高处时,瞧,另一边的大海展现在他面前。他停下脚步,沉默了很久。可是,高山之夜寒冷、清朗,星光灿烂。

"我认清我的命运,"他最终悲伤地说,"好吧!我已准备好了。我最后的孤寂才开始。

"啊,这片黑沉沉的、悲伤的海在我脚下!啊,这个充满哀愁的黑夜!啊,命运和大海!现在我必须降落到你们那里去!

"我站在我的最高的山面前,面临我的最长久的漂泊,因此我首先必须降落到我从未到达过的深处。

"降落到我从未经受过的更深的痛楚,直到它最黑暗的洪流!这是我命运的要求。好吧!我已经准备好了。

"最高的山是从何处来的?我曾经这样问道。后来我知道了,它们来自大海。

"这个证据写在它们的岩石上,写在它们的顶峰的石壁上。最高的岩石必须从最深处升起,才能达到它的高度。"

查拉图斯特拉在寒冷的山顶上如是说,可当他来到大海附近,最终独自站在峭壁之间时,他感到疲劳,比以前更加充满渴望之情。

"现在一切都还在沉睡,"他说,"大海也在酣睡。它的眼睛睡意蒙眬地茫然地望着我。

"但是我感觉到,它的呼吸是温和的。我也感觉到,它在做梦。梦中它在坚硬的枕头上辗转反侧。

"听啊!听啊!它是如何由于不愉快的回忆而呻吟!也许是怀着不愉快的期待吧?

"啊,我与你一同悲伤,你这黑茫茫的怪物,甚至还因为你,而怨恨我自己。

"啊,我的手没有足够的力量!真的,我乐意把你从噩梦中解救出来!"

查拉图斯特拉一边如是说着,一边忧郁而痛苦地嘲笑自己。"你当真!查拉图斯特拉!"他说,"你还想对大海唱安慰之歌吗?

"啊,查拉图斯特拉,你这个充满爱的傻瓜,你这个对人信任的乐天派!可是,你一向如此,你总是非常信任地走近一切可怕之物。

"你还想去抚摸一下每一只怪物。一丝温暖的呼吸,一撮前爪上柔软的茸毛——你马上就准备爱它,诱惑它。"

"最孤独者的危险是爱,是对一切有生命之物的爱!真的,在我的爱中,愚蠢和谦卑是可笑的!"

查拉图斯特拉如是说,再次笑起来。可是,这时他想起了他离弃的朋友们——他对这种想法感到生气,就好像他有这种想法就是对他们犯罪似的。随后,这位发笑的人哭了,查拉图斯特拉因愤怒和渴望悲伤地痛哭起来。

日出之前

哦,我头顶上方的天空,你这纯洁者!深邃者!你这光之深渊!我仰望着你,由于神圣的渴望而颤抖。

把我自己抛到你的高空——这是我的深邃!把我自己藏进你的纯洁里——这是我的清白!

他的美遮掩了上帝,你也隐藏了你的群星。你不说话,你却因此向我揭示了你的智慧。

今天,你为我默默地高悬在波涛汹涌的大海上空,你的爱和你的羞愧,向我汹涌的灵魂吐露心声。

你隐藏在你的美之中,优雅地向我走来;你默默地对我说话,显示出你的智慧。

哦,我怎么会猜测不出你灵魂的一切羞愧!在日出之前你向我走来,走向这个最寂寞的人。

我们从一开始就是朋友,我们有共同的忧伤、恐惧和大地;我们还共同拥有太阳。

我们互相不交谈,因为我们知道的太多了。我们相对无言,我们微微一笑,彼此心领神会。

你和我,不是光与火的关系吗?你洞察我,不是因为姐妹的心灵相通吗?

我们曾经共同学习一切;我们曾经共同学习攀登超越自我和灿烂地微笑。

当强制、目的和罪过在我们下面像雨雾般弥漫时,我们睁开明亮的眼睛,开朗地微笑着,从远处往下看。

我独自漂泊,在夜间,在迷途,我的灵魂为谁忍饥挨饿?我登山,我在山上要是不找你,还能找谁呢?

我的一切漂泊和登山,只是不得已而为之,是笨拙者的一种应急措施——我的全部意志只是想飞行,飞到你里面去!

比起飘浮的云和玷污你的一切,我更厌恶什么呢?我更厌恶我自己的怨恨,因为我的怨恨玷污了你!

我讨厌浮云、这悄悄行走的山猫,它们从你和我这里抢走我们共有的一切——巨大无限的同意和阿门。

我们厌倦这些中介者和混合者，这些飘浮的云。这些半心半意的东西，既不懂得祝福，又不懂得彻底诅咒。

我宁愿在云彩密布的天空下坐在木桶里，宁愿坐在看不见天空的深渊里，也不愿看到你这明净的天空被浮云玷污！

我常常渴望用锯形的闪电金丝把浮云捆绑住，以便我像雷那样在它们鼓起的肚子上打鼓——一个愤怒的鼓手，因为它们从我这里夺走了对你的同意和阿门。你，我头顶上方的天空，你这纯洁的天空！你这明净的天空！你这光的深渊！——因为它们从你那里夺走了我的同意和阿门。

因为我宁愿要喧哗、雷声隆隆和暴风雨的诅咒，也不要那种谨慎而多疑的猫的安静；在世人中间我也最厌恶一切谨小慎微者、半心半意者和狐疑而犹豫不决的浮云般的人。

"谁不会祝福，他就应该学会诅咒！"——这句响亮的教言从明亮的天空落到我的心田里，这颗星甚至在黑夜里也镶在我的天空上。

可是，只要你围绕着我，你这纯洁的天空！明净的天空！你这光的深渊！我就是祝福者和赞同者——我要把我的祝福和赞同的言辞带到一切深渊里去。

我变成了祝福者和赞同者，为此我奋斗了很久，并成为奋斗者，有朝一日我也许可以放手去祝福。

而这就是我的祝福：凌驾在万物之上，作为它自己的天空，作为它的圆形屋顶，作为它的蓝色大钟和永恒的安全。谁这样祝福，他就幸福了！

因为万物在永恒的泉边和善恶的彼岸接受洗礼，可善恶本身只是一闪而过的影子、两眼湿润的忧伤和浮云。

真的，如果我教导："在万物之上高悬着偶然的天空、清白的天空、无意的天空、傲慢的天空。"那么，这是祝福而不是亵渎。

"偶然"——这是世界上最古老的贵族，我把它还给万物，我把万物从被有目的的奴役状态中解救出来。

当我教导"没有什么'永恒的意志'要凌驾在万物之上，要穿过万物之中"时，我就将这种自由和天空的晴朗像蓝色的大钟一样笼罩在万物之上。

当我教导"在一切事物中有一点是不可能的——合乎理性!"时,我就用这种傲慢和这种愚蠢取代那种意志。

也就是说,一点点理性,一粒智慧的种子,从这颗星播撒到那颗星,把这种酵母与万物混合在一起。因为愚蠢,把智慧与万物混合在一起!

一点点智慧是有可能的,可是,我在万物之中发现这种幸福的自信,它们宁愿以偶然的脚步——跳舞。

哦,我头顶上方的天空,你这纯洁的天空!你这高尚的天空!现在我认为,这就是你的纯洁:没有永恒的有理性的蜘蛛和蜘蛛网。

我认为,你是为神圣的偶然设置的舞池,你是为神圣的色子和掷色子的赌徒设置的神桌!

可是你脸红了?我说了什么不该说的话?我本来想祝福你,反而中伤你了吗?

或者这是两个人的羞愧,这种羞愧使你脸红?你叫我走,叫我沉默不语,因为现在——白天来到了?

世界是深邃的——比白天曾经想象过的更加深邃,

不是一切事情都可以在白天说的。可是白天来到了,因此,我们现在分手吧!

哦,在我头顶的天空,你这羞愧的天空!你这火红的天空!哦,你是我日出之前的幸福!白天来到了,因此,我们现在分手吧!

与颓废者相对立的人

我为什么这样有智慧

1

我生活的幸福,也许还有生活的独特性,来自厄运:用奥妙的方式来说,假如像我的父亲,我已经去世了;假如像我的母亲,我仍然活着,并且渐渐地变老。这双重根源,如同生命阶梯中最高的一级和最低的一级,既是没落也是新生——如果这种说法有什么意义,这说明了派别的中立性和自由性与人生的全部问题有关联,这就使我出类拔萃。我对上升和下落的标记比任何人都要敏感,我在这方面是非常内行的——我熟知这两方面,我自己就是这两方面。

我父亲36岁时就去世了,他体贴别人,和蔼可亲,文弱而多病,就像是一个命中注定的匆匆过客——与其说是生命本身,不如说是对生命的亲切回忆。在我父亲生命衰老那年,我的生命也开始衰老:在我36岁那年,我的生命力降到了最低点——我仍然活着,但我看不见三步以外的地方。那时候(1879年)我辞去了巴塞尔大学的教授职务,整个夏天就像幽灵一样生活在圣莫里茨,第二年冬天也是我一生中最寒冷的冬天,我像幽灵那样在瑙姆堡度过。那是我生命的低潮,《漫游者和他的影子》就是这个时候写的。无疑,那时我把自己看作幽灵……

第二年冬天,也就是我住在热那亚的第一个冬天,愉快和超脱——这种愉快和超脱几乎是伴随着严重的贫血和肌瘦而来的——带来了《曙光》这部作品。这本书反映出的开朗和愉快,以及精神上的旺盛,不但符合我本人生理上严重的弱点,而且也符合极度的痛感。我连续三天三夜备受头痛和剧烈呕吐的折磨。在这痛苦中,我仍然具有辩证学家清醒的头脑,极其冷静地去思考许多事情,而我在健康状况较好时对这些事情的思考反而缺乏毅力，不够周全，也不够冷静。

我的读者可能知道，我是如何把辩证法看作颓废的征兆，比如最著名的例子，即苏格拉底①的例子。理智上错乱，甚至发烧后处于半昏迷状态，对于我来说至今还是很少见的事情，要想知道它们的性质和反复性，我还得找人请教一下。我的血液流动很慢，没有人能够在我身上查出发烧的原因。有位医生很长一段时间把我当精神病人来医治，最后他说："不！您的精神没有问题，倒是我自己有点神经质。"绝对无法证明某个局部出了毛病；虽然胃系统十分虚弱，总是引起全身疲惫，但也查不出胃的器质性病变。我的眼病也是如此，虽然暂时有接近失明的危险，但这也只是结果，而不是原因。因此，随着生命力的增强，我的视力也提高了。对我来说，漫长岁月的流逝就意味着康复，但很遗憾，这个漫长的岁月同时也意味着旧病复发、衰弱和某一种颓废的周期。不管怎么样，我对颓废问题是富有经验的，这还要我说吗？我十分精通这些问题。甚至那种领会和理解的精致艺术，那种精细入微的感觉，那种明察秋毫的心

---

① 苏格拉底（约前469—前399）：古希腊唯心论哲学家。

理，以及我所具有的其他本领，都是那个时候学会的，也是那个时期应得的馈赠。

那个时期，我身上的一切——不论是观察力，还是每个观察器官——都变得更加敏锐了。从病人的角度去看比较健康的概念和价值，反之，从丰富的生活和对生活的自信心去看颓废本能的隐蔽活动——这是我进行的最长时间的训练，是我真实的经历，假如这里面有什么收益的话，就是在这个过程中我成了大师。现在我对此得心应手，我有一双扭转乾坤的手，也许这就是只有我才能"重估一切价值"的首要原因吧。

2

此外，我是个颓废的人，也是个与其相对立的人。对此，我可以提出其中一个明证：针对严重的健康状况，我总是本能地选择正确的治疗方法，而颓废者却总是选择于己不利的治疗方法。从整体来说，我是健康的；就局部和例外而言，我才是颓废的人。甘于寂寞，摆脱习惯势力，强迫自己不再被照顾和被服侍，拒不就医，这些都说明我本能上绝对确信，当时首先急需什么。我要对自己负责，我要使自己恢复健康。每个心理学家都会承认这个前提：其实这个人是健康的。一个典型病态的人是不可能恢复健康的，更谈不上自我痊愈了；相反，对一个典型健康的人来说，患病甚至可以反过来成为生命有力的兴奋剂，使生命变得丰富多彩。

实际上也是这样，从现在起开始长期生病，我仿佛重新发现了生命，也发现了自我。我感到所有美好的事，甚至小事都很有味道，而其他人却无法轻易地感觉出来。从我对健康和生命的意志力中，我创造了我的哲学，因为人们也许注意到：在我生命力最低落的那几年，我不再是悲观主义者了。自我恢复的本能禁止我创立一种贫乏而气馁的哲学。

那么，人们到底凭什么去识别卓越人才呢？一个卓越人才使我们有理智，要对我们的思想意识有益。他是木雕的，木质坚硬而色彩柔和，同时散发出宜人的香味。只有对他的健康有益的东西他才觉得可口。当超越这个尺度时，他的喜悦和欲望就会停止。他发现了防止损害健康的良药；他充分利用严重的意外事件，使之变为对他有益的东西；凡是不能消灭他的东西，都会使他变得更加强大。他本能地从自己所见、所闻、所经历的一切中收集他的全部：他就是本着择优的原则，他舍弃了许多东西。他不论看书，与人交往，还是观赏景物，总是与己为伴：凡是他选择的、许可的和信任的东西，他都予以尊重。他对各种形式的刺激反应迟缓，而这种迟缓是由他长期的谨慎和有意的傲慢养成的——他去体验面临的刺激，他远离迎面而来的刺激。他既不相信"厄运"，也不相信"罪孽"：他对付得了自己，也对付得了别人，他懂得忘却，他坚强得足以使任何东西必然成为对他最有益的东西。

好吧，我是与颓废者相对立的人，因为我描写的正是我自己。

3

我有一位这样的父亲，我视之为大特权。他在阿尔滕堡住了几年之后，前几年当上了传教士，他在农民面前传教，农民说，他看上去似乎是天使，对此，我要触及人种问题。我是纯正的波兰贵族血统,没有掺杂一滴不纯的血,至少没有德国人的血。在这里有一台完整而令人恐惧的机器在工作,它准确无误,不出差错地工作,而我有可能被打得头破血流,直到我生命的最后时刻,因为那时没有力量去对有毒的爬虫进行自卫。生理上的接触使我与这样一种不协调的、难以相处的人能够相处,但我承认,对"永恒轮回"——我本来深不可测的思想——提出最大异议的总是我的母亲和妹妹。不过,我作为波兰人具有巨大的返祖现象。我也许得返回几百年,才能找到有人性的地球上最高贵的人种,就像我所描述的人种。

我反对现今所有被称为高贵的东西,这是一种享有很高荣誉的、不可一世的感觉,我不会给年轻的德国皇帝当我的马车夫的荣誉。我承认与我相似的只有一个事例——我以深切的谢意承认这一点。科西玛·瓦格纳夫人绝对具有最高贵的气质;还有,对此我没有少说一句,我说,理查德·瓦格纳①是个绝对与我最相似的人,剩下的就是沉默。

---

① 理查德·瓦格纳(1813—1883):德国作曲家,剧作家。

所有包含亲属关系的概念在生理学上都是非常荒谬的。罗马教皇现今还在兜售这种荒谬。人们至少与自己的父母亲是有血缘关系的,与父母亲有血缘关系也许是卑鄙的最外表的征象。较高的天性可以无限继续返祖,这种天性必须长期收集、积累和堆积起来。伟大的个体是最古老的,我对此不理解,但尤利乌斯·恺撒①也许会是我的祖先;或者是亚历山大,这位真正的狄俄尼索斯。此刻,正当我写这些时,邮递员给我送来了一个上面印有狄俄尼索斯头像的邮件。

4

哪怕我认为值得去招致别人对我的反感,我也从来不懂得这样做,这还要感谢我那无与伦比的父亲。我怎么看都不像基督教徒,但我也从来没有引起别人的反感。纵观我的一生,你可以发现,没有人对我怀有恶意(只有一次)。

但是,也许你可以发现太多人对我怀有善意的迹

---

① 恺撒(前102或前100—前44):古罗马统帅、政治家。

象。我的经验毫无例外地告诉我,即使与那些难以打交道的人相处,我也能博得他们的好感;我可以驯服熊,可以化丑陋为高尚。我在巴塞尔大学讲授高年级希腊文的七年中,没有利用机会去惩罚学生;在我这儿,连最懒惰的学生也变得用功。我总是能应付意外事件;我必须胸有成竹,才能应对自如。不管是什么"乐器",也不管它是多么不和谐,比如,"人"这种不和谐的乐器——如果我不能给他弹点动听的乐曲,那我肯定是生病了。

我常常从这些"乐器"那里听说,他们自己还从来没有听过这样的曲调。最美好的曲调也许来自那个英年早逝的海因里希·冯·施泰因①。有一次,他在谨慎地得到别人的许可之后,曾在锡尔斯-玛利亚②待了三天,每个人都说,他不是为恩加丁山而来的。这个优秀的人以其普鲁士容克③十分激烈的单纯性,曾深陷瓦格纳的沼泽里(此外还陷于杜林④的泥坑里!)。在这三天中,他就

---

① 海因里希·冯·施泰因:瓦格纳的家庭教师。
② 位于瑞士锡尔斯湖的背面,尼采旧居所在地。
③ 普鲁士年轻贵族。
④ 卡尔·欧根·杜林(1833—1921):德国哲学家和社会经济学家。

像受到一阵自由风暴的侵袭,有如一个骤然长了翅膀乘风而上的人。我一再告诉他,这是高山上清新的空气的作用,站在6000英尺的拜罗伊特①上,每个人都感到很值得。但是,他不愿意相信我的话。

尽管如此,如果有人对我搞点大大小小的恶作剧,不是"有意"的话,至少也有"恶意"的背景。我曾经暗示过,倒不如说我得抱怨善意,正是这种善意给我的生命带来不小的祸害。

我的经验使我有理由怀疑所谓"无私"的欲望和助人为乐的"博爱"。在我看来,可把"博爱"看作懦弱,看作对诱惑没有抵抗力的特殊情况,同情只有在颓废者的身上才算是美德。我责备有同情心的人,因为他们在保持人与人的关系的距离上太容易失去羞耻、尊重和体贴,因为同情心在一瞬间就会散发出下等民众的气味,而且看上去就像是矫揉造作,因为有同情心的人可能会灾难性地陷入一种生死攸关的命运,陷入一种痛苦的孤独,带来一种负有重大罪过的特权。我认为,放弃同情心也算高尚的品德。

---

① 位于德国巴伐利亚,每年7~8月在此举行音乐节。

我在《查拉图斯特拉的诱惑》中，编造出这样一种情景：一声巨大的呼救声传到查拉图斯特拉的耳边，同情心如同刚犯下的罪行向他袭来，要他背弃自己。在这里要能克制自己，保持其使命的高尚，不为那些以所谓无私的行动为营生的卑劣而短视的动机所影响，这就是查拉图斯特拉要经受的考验，也许是最后的考验——也就是他对力量的真正证明。

5

在另一方面，我简直就是我父亲的再生，就像是他过早逝世的生命的延续。

有一种人从来没有享受过平等的生活，"报复"这个概念对他而言大概就像"平等权利"这个概念一样不易接受。我就像这种人，在遇到大大小小的愚蠢行为时，我拒绝一切预防措施和保护措施——这是很公平的，我也不需要任何防卫和辩护措施。我的报复方式是，尽快以明智的方式来对付愚蠢的行为，这样也许还可以战胜愚蠢。比如说，为了摆脱酸臭的行为，我会寄去一罐果酱。要是有人对我做了一点坏事,他肯定知道我会报复的:我过不久会找机会向"干坏事者"表示谢意(甚至对这件坏事表示感谢),或者找个机会向他请求点什么,这种方式比给予更加亲切。

我还觉得,最粗俗的言语、最粗俗的信件都要比沉默更加无危险,更加正直。沉默不语的人内心几乎总是缺少高尚和礼貌;沉默就表示有异议,强吞下自己的异议必然会产生坏的性格,这会毁坏自己的胃。所有保持沉默的人都是消化不良的人。

可以看出,我没有低估粗俗这个词的意思。粗俗是十分富有人情味的反驳形式,在温情脉脉的今天,它是我们最重要的美德之一。如果一个人十分粗俗,就算他没有道理,这也是一种幸福。如果上帝来到人间,它有权干无礼之事——不受惩罚而自己承担罪责,这才算是神。

6

摆脱怨恨,弄清怨恨,谁知道在这方面我是多么由衷地感谢我长期的疾病!

问题不是那么简单,人们必须从力量和虚弱出发亲身经历过。如果随便什么东西对疾病和虚弱都有效,那么病人和弱者身上原有的痊愈本能——人体的预防本能和战斗本能——就会消失。人们不知道要摆脱什么,不知道要对付什么,也不知道要厌恶什么,伤害了一切东西。人和物件纠缠不清,阅历过于深奥,回忆是化脓的伤口。

疾病就是一种怨恨,对此,病人只有一剂良药——我称之为俄国的宿命论,那种不抵抗的宿命论。

有个俄国士兵觉得打仗很艰辛,于是就运用不抵抗的宿命论,最后钻进雪堆里。他不接收外界的任何信息,对于外面的信息不看、不听、不思索,对一切东西变得毫无反应。

这种宿命论的伟大理智不仅体现了视死如归的勇气,而且在有生命危险的情况下可作为保存生命的方法,可降低代谢作用,减缓新陈代谢就是一种要冬眠的意志。根据这种逻辑再往前走几步,那就是苦行僧了,他们可以在墓穴里睡上几个星期。因为当一个人遇事都要反应时,他会很快精疲力竭,于是他就根本不再做出反应了,这就是逻辑。

没有任何东西比怨恨的情绪更能耗尽人的精力了。抑郁烦闷、过于敏感、无力报复、欲望强烈、渴望复仇,这种种毒素混杂在每个人的思想里。对筋疲力尽的人来说,这确是最不利的反应方式,它会迅速消耗神经力量,会过分增加有损健康的排泄,比如,胆汁流入胃中就是由此引起的。

怨恨对病人来说本来是要禁止的——怨恨是病人的恶魔。很遗憾,它也是病人最自然的习气。那位学识渊博的生理学家释迦牟尼[①]对此十分了解。我们最好把他的"宗教"称为卫生学,以避免把它同基督教那种最卑劣的东西相混淆。释迦牟尼的宗教所产生的效果取决于它战胜了怨恨,让心灵从怨恨中解脱出来,这是走向痊愈的第一步。"不能以敌对来结束敌对,只能以友好来结束敌对",这是佛祖教义的开端。这不是道德的主张,而是生理学的主张。由虚弱而产生怨恨,受损害最大的莫过于虚弱者本人。相反,对一个富于精力的人而言,

---

① 释迦牟尼:佛教创始人,被信徒尊为"佛陀"(觉悟者),简称"佛"。

怨恨就是多余的情感，克制怨恨的情感几乎是精力充沛的证明。

我的哲学以严肃的态度把同复仇感和怨恨感所做的斗争进行到"自由意志"学说的领域里——同基督教的斗争只不过是由此产生的个别事例罢了。谁了解了我这种严肃的态度，谁就会明白，为什么我偏要在这里表明我个人的态度，也就是我在实践中的本能的自信。在我颓废时，我不允许自己有这样的情感，因为它是有害的；一旦生命恢复健康，并对此感到自豪时，我还是要压制这种情感。

我所说的"俄国的宿命论"在我身上的表现是这样的：多年以来，我面临意想不到的、几乎不堪忍受的环境、场地、居所和社交圈子时，我坚持苦守在那里，这比改变它们要好些，这比感觉到它们是可改变的要好些，这比反抗它们要好些。

那时，凡是阻碍我奉行这种宿命论的，用强制的办法唤醒我的，我都十分恼怒——实际上，每次都非常危险。把自己视为天命，不想自己"与众不同"，这就是在这种情况下的伟大的理性本身。

7

另外一件事就是战争。

按我的天性，我是好战的。进攻是我的天性之一。能够与人为敌，当反对者，这也许要以坚强的天性为前提。这种天性需要反抗，所以它在寻求反抗：好斗的激情必然属于强者，正如复仇感和怨恨感必然属于弱者一样。进攻者需要敌手，进攻者的力量用在敌手身上恰如其分；力量的增加要表现在所寻找的强大的敌手身上，或者表现在所探索的重大的课题上，因为一个喜欢争论的哲学家也要向课题挑战。哲学家的使命不在于制伏一般的反抗，而在于制伏必须倾尽全力、随机应变和精通武艺才能战胜的敌手。势均力敌，是诚实的决斗的首要条件。当你轻视对手时，就不能开战；当你发号施令时，当你蔑视某物时，也都不能开战。

我的战争实践归纳为四个原则：第一，我只攻击那些战果辉煌的对手——也许我可以等到他们取得辉煌后再出击。第二，我只在找不到盟友、孤立无援、有损自己名誉的时候才向对手发起攻击，我从来没有公开抨击那些无损我名誉的言论，这就是我正当行为的准则。第三，我从来不搞人身攻击，我只把个人当作高强度的放大镜，借此可以看清一个普通的、潜滋暗长的、难以把握的困境。我用这种方式攻击过大卫·施特劳斯①。准确地说，我攻击的是一本在德国"教育界"获得成功的老朽之作，我当场揭穿了这种教育的本质。我这样攻击过瓦格纳，确切地说，我攻击的是我们"文化"的虚伪和杂种文化的本性——把狡猾与富有、没落与伟大混为一谈。第四，我只攻击那些排除任何个性差异的事物，只攻击那些在任何情况下只有好经验的事物。

对我来说，攻击是友好的证明，或许也是感激的证明。我把我的名字与某人的名字和某事的名称连在一起，以此表示我的尊敬和嘉奖。赞成或者反对，这对我来说都一样。如果我向基督教宣战，我是有权这样做的，因为基督教没有让我感受过灾难与障碍，严肃的基督教徒总是对我表示友好。我本人一贯是基督教的敌手，我不赞成把几千年的祸患加在个人身上。

---

① 大卫·施特劳斯（1808—1874）：德国唯心主义哲学家，青年黑格尔派、杜宾根学派代表人物。

8

我还可以斗胆表明一下我的天性中使我不容易与他人交往的最后一个特点吗？我对纯洁本能具有一种非常强烈的敏感性。因此，我能够在生理上察觉到（也就是嗅到）附近的东西，或者——我该怎么说呢——也可以说察觉到最内在的东西，即每个人的"心灵"。这种敏感性使我产生了生理上的触角，我可以借此探察和掌握一切秘密。我与某些人一接触，就意识到他的心底隐藏着许多肮脏的东西。如果我的观察正确，那么，那些无法忍受我的纯洁观的人看到我的厌恶态度也会小心谨慎一些。但是，他们并不会因此变得嗅觉灵敏一点。

对我来说，十分纯净是我生存的先决条件，在不干净的条件下我会丧命的。因此，我总是习惯于使自己仿佛经常在清水中，在任何一处非常清澈的、银光闪闪的水中游泳、洗澡和嬉戏。这种纯洁观使我在与别人的交往中经受了不少忍耐的考验。我的人性不表现在同情别人，而表现在忍受我对别人的同情。我的人性是一种不断的自我克制。

但是，我需要孤独，我想说的是康复，回归自我，呼吸自由的令人轻松愉快的空气。我的整部《查拉图斯特拉如是说》就是一首对孤独的赞歌，或者，如果大家理解我的话，就是一首对纯洁的赞歌，幸而不是对单纯的傻瓜①的赞歌。谁富于色彩感，谁就会把查拉图斯特拉视为金刚石。对人的厌恶，对"恶棍"的厌恶，始终是我最大的危险。你们想听听查拉图斯特拉关于摆脱厌恶感的那些话吗？——

我到底怎么了？我怎样才能摆脱厌恶感？谁能使我的眼睛返老还童？我怎样才能飞到高处，在那里再也没有无赖坐在井旁？

我的厌恶感本身已经为我增添了翅膀和预见源泉的力量了吗？真的，我必须飞到最高处，重新找到快乐之泉！

啊，我的兄弟们！我已经找到了这口快乐之泉。在这高高的顶峰上，快乐之泉为我喷涌而出！这里有一种新的生活，在这种生活中没有无赖坐在

---

① 瓦格纳歌剧《帕西法尔》中的一个角色。

井旁!

快乐之泉,你几乎是过于迅猛地向我奔腾而来!你常常一饮而尽,以便再斟满酒杯!

我还要学会更加谦虚地接近你,我的心还是太猛烈地向着你涌动!

我的夏日在我心中燃烧,这短暂、炎热、郁闷、快乐的夏天——我这颗夏天的心是多么渴望你的清凉!

在春天,我那迟迟不去的忧郁消失了!在六月,我那邪恶的雪花融化了!我完全变成了夏天和夏天的中午!

高山之巅的夏天,有清凉的泉水和令人陶醉的宁静。啊,我的朋友,你们来吧。这宁静将变得更加令人陶醉!

因为这是我们的山峰,我们的家园。我们住在这里,这对一切不纯洁的人和他们的渴望来说,是太险峻了。

朋友们,把你们纯洁的目光投向我那快乐之泉吧!这泉源怎能因不纯洁的人而变得混浊呢?它应该以自身的纯洁微笑着去迎接你们。

在未来这棵树上,我们建筑自己的巢。鹰要以它们的喙为我们这些孤独的人送来食物!

真的,这不是不洁者可以一起进餐的食物!他们以为可以食火,而火却烧毁他们的嘴巴。

真的,我们这里没有为不洁者准备的居所!他们的身体和思想在冰窖里冻僵了,那就是我们的幸福!

我们要像疾风那样生活,高高地处在他们的上空,与雄鹰为邻,与白雪为邻,与太阳为邻,疾风就是这样生活。

有朝一日,我要像一阵风从他们中间吹过,我要以我的精神窒息他们的精神,这就是我将来想干的事情。

对于所有卑贱者来说,查拉图斯特拉就是一阵疾风,这是千真万确的!他劝告他的敌人和一切吐唾沫者:"你们要当心,不要对着这阵风吐唾沫![1]

---

[1] 《查拉图斯特拉如是说》第二部分第六章。

我为什么这样聪明

1

为什么我知道的比别人多?我到底为什么这样聪明?我从来没有思考过那些不是问题的问题,我没有为此浪费过精力。

例如,我不是从经验中认识宗教的真实困难。我完全没有觉察到我怎么会是"有罪的"。同样,我也缺少一种可靠的标准去衡量什么是悔恨。根据传闻,我似乎认为悔恨不值得重视,我不想事后对所做出的行动后悔。我宁愿从价值问题出发,原则上避开恶果。在出现恶果时,人们很难会用正确的眼光去看自己做过的事。我觉得，悔恨是一种"邪恶的眼光"。有些受挫了的事，因为它已经受挫了，所以更应该在这方面维护荣誉——倒不如说这更符合我的道德观。

"上帝""不朽的灵魂""解脱""彼岸"，这些东西纯属概念，我对这些概念没有予以重视，也没有时间去重视它们，甚至我还是小孩时对它们也不重视。在这方面也许我从来都未曾有过孩子气？我了解的无神论绝对不是作为结果，更不是作为事件，我对无神论的理解出于本能。我过于好奇，过多疑虑，过分傲慢，因此，粗浅的回答不会让我满意。对我们思想家来说，上帝是一个粗浅的回答，上帝不是美味佳肴，从根本上说，上帝甚至只是对我们发出一道粗暴的禁令：你们不要思考！

另外一个问题使我产生更大的兴趣："拯救人类"与其说有赖于神学的奇迹，不如说取决于营养问题。对于营养问题，我们可以这样信手写来："为了达到最大的力量，得到具有文艺复兴时期那种风格的道德，摆脱虚伪的道德，你应该怎样养活自己？"在这方面我的经验是非常糟糕的。我感到很惊讶，我这么迟才听到这个问题，这么迟才从这些经验中学到"理智"。只有我们德国文化十分卑劣的行为（它的"理想主义"）才能向我做出一些说明：为什么我正好在这方面落后到了极点。这种"文化"从一开始就要我们忽视现实，去追求令人怀疑的所谓"理想的"目标，例如追求"古典文化"：它不是从一开始就注定要把"古典的"和"德国的"统一在一个概念里吗？还有更可笑的，你去想象一下一个"受古典教育的"莱比锡人吧！

事实上，我直到长大成人一直都吃得很差，用道德上的话来说，"非个人的""无私的""忘我的"都是为了厨师和其他基督教徒同道人的幸福。例如，莱比锡的厨艺和我对叔本华的初步研究（1865年）使我郑重其事地否定了我的"生命意志"。如果要使自己营养不良，并损害自己的胃，我看上述提到的那种厨艺就能成功地解决问题（据说，1866年有所变化）。但是德国的厨艺难道不要负一点责任?！餐前喝汤（早在16世纪，威尼斯食谱就称之为根据德国厨艺做的），把肉熬烂，把蔬菜煮得油腻、黏糊糊的，变质的面食就像镇纸一般！如果人们想想古代德国人（绝对不仅仅是古代德国人）

需要饭后狂饮,那么也就了解德国精神的来源——增加负担的肠胃。德国精神就是消化不良,它什么东西都消化不了。但是,即使是英国的节制饮食,也是与我的本能相对立的。它与德国甚至法国的饮食相比,是"回归自然"的一种厨艺方式,也就是回归原始吃法。我觉得,英国的节制饮食也会给精神踩上沉重的脚。最好的厨艺在皮埃蒙特。

我不会喝酒,一天只要喝一杯葡萄酒或啤酒,就足以使我的生活陷入"苦海"。与我相反,喝得酩酊大醉的人生活在慕尼黑。我比较迟,人到中年才意识到这点,但是我在童年时就已经体验过了。当我还是小孩时,我认为喝酒和抽烟最初不过是年轻人的虚荣心,后来才变成坏习惯。也许瑙姆堡葡萄酒要对这个酸涩的判断负责了。相信葡萄酒会使人兴奋,这样我一定是基督教徒了。我要说,我相信的东西对于我而言正好是荒谬的东西。奇特的是,少量冲淡的酒会使情绪变得极坏,如果喝的是烈酒,我就几乎成了水手。我还是小孩时在这方面就有过勇敢的表现。通宵达旦用拉丁文撰写一篇冗长的论文,并誊写一遍,心怀抱负要在行文的严谨和简练方面仿效我的典范撒路斯提乌斯。我在做拉丁文作业时喝了几口烈性的格罗格酒——当我在有名望的普夫塔文科中学就读时就这样了,这种做法绝对不会与我的生理有矛盾,或许也不会与撒路斯提乌斯的生理有矛盾,不管怎么说,都是为了有名望的普夫塔文科中学。后来,接近中年时,我自然决心更加严格地反对任何"精神"饮料。我从经验出发是个反素食主义者,完全像理查德·瓦格纳一样,他使我转变看法,我还不能十分严肃地劝告所有比较有灵性的人完全戒酒,喝水就行了。我更喜欢处处都有机会从源泉里汲水的地方(如尼斯①、都灵、锡尔斯);我像狗一样尾随着去渴求一小杯泉水。"真理寓于酒中",看来我关于"真理"的概念又与大家不同了。在我这里,精神悠荡在水上方。

从我的道德学中人们还可以得到一些启示—— 一顿饱餐要比只吃一点点更容易消化。消化良好的先决条件是要整个胃部都工作。人们必须认识到自己的胃有多大。出于同样的理由,劝告大家不要吃费时间的饭菜,我称之为吃吃停停的暴食,像吃豪华宴席上的佳肴。不

---
① 位于法国,在意大利边境。

吃两餐间的小食，不喝咖啡，咖啡使人变得忧郁。茶只有在早上喝才有助于健康。喝一点茶，但要浓。只要淡一点点，就没好处，使人整天觉得萎靡不振。在这方面，每个人都有自己的标准，不过可变化的范围常常是微乎其微。在气候使人烦躁不安时，开始不宜喝茶，可先在喝茶前一小时冲一杯浓的脱脂可可。尽量少坐；不要相信在野外、在自由运动中不会诞生思想——有这种想法肌肉也得不到舒展。一切偏见源于内脏。我已经说过一次，坐着不动是真正违背神圣精神的罪过。

2

营养问题与地点和气候问题密切相关。没有人可以随意四处生活；凡是必须完成伟大的使命，而这使命又需要他全力以赴的人，在这方面是没有多少选择余地的。

气候对新陈代谢的影响（起到阻碍或加速的作用）是很大的，以至于在选择地点和气候方面出现的差错，不仅会使人远离自己的使命，而且会阻止他去完成使命：他永远无法正视这种使命。在他身上永远不会有足够的动物元气，能使他达到那种涌进精神世界的自由，那时他就会认识到：这点我一个人就能办到。一点点内部器官惰性养成坏习惯之后，就足以使天才变得平凡，变成"德国式"的庸才；德国的气候本身就足以使强壮而健全的内脏变得沮丧。

新陈代谢的速度与精神步伐的灵活或迟钝有着密切关系；"精神"本身只是一种新陈代谢。我们可以举出天才人物曾经出现或正在出现的地方，在这些地方，诙谐、诡诈、阴险属于幸福；天才几乎都得在这里住下来，所有这些地方空气都很干燥。巴黎、普罗旺斯、佛罗伦萨、耶路撒冷、雅典，这些地名证明了一点：天才都是有赖于干燥的空气和晴朗的天空。也就是说，天才的产生有赖于快速的新陈代谢，有赖于能够不断增添巨大的力量。我记得一件事，有一位伟大而思想开放的人，由于缺乏高雅的本能，在受到气候的影响时，就变得狭隘、自卑，成了专家和爱发牢骚的人。

如果不是疾病迫使我变得理性，迫使我去思考现实中的理性，我自己最终也许会处在这种状况。现在我经过对自身的长期训练——就像用精密而可靠的仪器进行测定一样——了解到气候和气象起源造成的影响，在一次大概是从都灵到米兰的短途旅行中，我从自己生理的波动中测出空气湿度的变化。于是我惊恐地想起一个可怕的事实：我的一生除了最近10年，有生命危险的岁月总是在一些错误的、于我简直是禁地的地方度过的。瑙姆堡、普夫塔、图林根、莱比锡、巴塞尔，这些地方对我的生理来说都是不幸之地。

假如我对童年和青年时期没有留下美好的记忆，那么在这里提出所谓的"道德上的"原因（大概是指无可争辩地缺乏足够的社交）实在是愚蠢的，因为直到今天我还是像过去一样缺乏社交，但是也没有妨碍我成为快乐而勇敢的人。对生理问题的无知——可咒骂的"理想主义"——反而是我生命中真正的不幸，是我生命中多余的和愚蠢的东西，从这个"理想主义"中产生不出任何优良的东西，对此没有可平衡和可以抵消的东西。这个"理想主义"产生的后果，说明了一切失误、一切伟大天性的误入歧途和"谦恭"都背离了我生命的使命。比如，我成了语言学家。为什么不是起码当个医生或者科学工作者呢？在巴塞尔的时候，我全部的精神生活，包括白天的日程安排，完全是毫无意义地滥用我非凡的精力，没有任何东西来弥补我消耗掉的力量，我也不去考虑消耗和补充的问题。过去我没有丝毫自私之心，没有对独断的本能予以任何保护，对任何人都是一视同仁，我是"无私的"，忘却与他人保持距离，在这点上我永远不能原谅自己。当我差不多走到人生的终点时（由于我几乎走到了人生的终点），我才开始反思我一生中这个基本的非理性——"理想主义"。疾病才能使我变得理性。

3

营养的选择，气候和地点的选择，第三条就是休养方式的选择，这一条是万不可失误的。在这里，按照精神独特的境界，允许他的精神达到的境界——也就是有益的范围——也是狭窄的，并且是更加狭窄的。

对我而言，我把一切阅读都当作消遣。因此，使我摆脱自我的东西，使我漫游于陌生学科和心灵世界里的东西，都是我不再认真对待的东西。阅读刚好使我从严肃认真的工作中得到休息。在埋头工作时，在我这儿看不到书。我要避免别人在我旁边说话，甚至思考，那样就等于在阅读。你们可曾真正注意到，在孕育精神、整个机体都陷入高度紧张时，偶然事件和外来刺激会产生极其强烈的作用和极其沉重的"打击"？一个人必须尽可能避开偶然事件和外来刺激；自我壁垒一类属于精神孕育的第一智慧的本能。我能允许外来的思想悄悄地越过墙头吗？这就叫作阅读。

在劳作和收成的季节过后，便是休闲的时候了。你们来吧，你们这些讨人喜欢的有见解的有智慧的书！那会是德国的书吗？我得追忆半年前的事，那时我随手抓了一本书。那是一本什么书？——那是维克多·勃罗查德的杰作《希腊怀疑论者》。在这部作品中，我撰写的《第欧根尼·拉尔修》也得以被很好地运用。怀疑论者是在两面性乃至多面性的哲学家中唯一值得尊敬的人！平时我几乎总是求助于同一类型的几本书，其实为数不多，刚好都是为我所论证了的。读书多而杂也许不是我的风格，房里堆满书会使我生病；喜欢多而杂的书籍也不是我的风格。对新书采取谨慎，甚至敌视的态度，与其说是"宽容""宽宏大量"，以及"博爱"，不如说是出于我的本能。

归根结底，只有少数几个早年的法国人使我念念不忘：我只相信法国教育，我认为在欧洲称之为"教育"的一切东西都是误解，更不用说德国的"教育"了。我在德国发现的少数几个受过较高级教育的人，都是来自法国，尤其是科西玛·瓦格纳夫人，据我所知，她的鉴赏力绝对是第一流的。我不读帕斯卡的作品，但却喜欢帕斯卡，他是基督教最有教育意义的牺牲品，他是慢慢地被杀戮的，先是在肉体上，然后在心理上，这是惨无人道的极其恐惧的整个逻辑；我在精神上具有某种蒙田式的任性，谁知道呢？也许在我的肉体里也有。我的艺术鉴赏力维护莫里哀、高乃依和拉辛等人的大名，而对莎士比亚这样狂放的天才不无表示愤恨，但我始终排斥把现代法国人也看作有魅力的上流人群。我确实不知道，历史上有哪一个世纪，能像今天的巴黎那样拥有一批如此好奇而又如此精明的心理学家。我试着列举——因为他们的人数真不少——例如保罗·布尔热、皮埃尔·洛蒂、吉普、美拉克、阿纳托尔·法朗士、朱尔·勒梅特尔诸位先生，或者为了突出这个强大的种族中的一员，可以举出一位我特别喜欢的真正的拉丁人：莫泊桑。

我们私下说，我推崇这一代人，甚至胜过他们的大师，因为这些大师全都被德国的哲学毁坏了，例如，泰纳先生被黑格尔毁坏了，他就是受黑格尔的影响才误解了伟大的人物和伟大的时代。只要德国够得着的地方，那里的文化就会被捣毁。战争才"拯救"了法国的精神。司汤达是我生命中最美好的偶然事件之一——因为我在他那个时期做的有划时代意义的一切事件都是来自偶然，从来都不是我借鉴别人的——他具有完全不可估量的心理学家的先见之明，他一接触到事实就能预见最伟大的事件的来临（见拿破仑的大手臂就知道他能一手撑天）；最后，同样很重要的是，作为诚实的无神论者，一个在法国不可多得的、几乎未曾遇见过的人——光荣的普罗斯佩·梅里美。也许我本人会嫉妒司汤达？他从我这里夺走了一句最美妙的有关无神论的俏皮话，这句话本该由我来说："上帝唯一可原谅的地方，就是它并不存在。"我本人在什么地方也说过：到目前为止，什么是对生存的最大非难？——上帝。

4

海因里希·海涅给了我抒情诗人的最高概念。我在几个世纪的所有国家中，寻找着同样甜蜜而又热情的音乐，但都是白费力气的。海涅具有那种神一样的恶意，没有这种恶意，我就无法想象什么是完美，我评估人和种族的价值，就是看他们如何去理解上帝和萨蒂尔不可分离的必然性。他是怎样运用德语的啊！总有一天人们会说，海涅和我绝对是德国语言的第一流艺术家，我们还大大地超越了纯粹的德国人用德语所能成就的一切东西。

我与拜伦的诗剧《曼弗雷德》中的主人公肯定有着很深的亲缘关系：我在自己身上发现了其一切道德上的大罪——我13岁时已成熟到能读懂这部著作了。对于那些当着曼弗雷德的面敢于提起"浮士德"这个词的人，我无话可说，只是报以一瞥。德国人对任何伟大的概念都是无能力的：舒曼就是例子。出于对这个虚情假意的萨克森人的愤怒，我特意给《曼弗雷德》谱写过一首反序曲。汉斯·冯·毕洛夫说，他从来没有见过与此相似的乐谱：这简直是冒渎欧特佩。

如果我要为莎士比亚寻找最高的公式，我始终只找到这个公式：他塑造了恺撒这个典型。一个人想不出这种典型，要么他就是这种典型，要么他不是这种典型。这个大诗人的创作只能取材于他的现实，以至于他后来不能再忍受自己的作品了。当我看了一眼我的《查拉图斯特拉如是说》，我就要在房间里来回踱步半个小时，因为无法抑制难以忍受的悲恸的痉挛。我不知道还有比读莎士比亚更令人伤心的作品了：一个人为了当这样的傻瓜，要受多少的罪啊！你理解哈姆雷特吗？会逼人发狂的，这不是怀疑，而是肯定。但是一个人必须在深处，必须到深谷去，必须是哲学家，才能有这种体会。我们大家都害怕真理。

我承认，我本能上肯定并确信，培根是这种令人害怕的文学类型的发起者和自虐者——美国的无主见者和平庸之辈的可悲的饶舌与我有何相干呢？但是，要使幻想成为最大的现实性的力，不仅与成为行动、成为行动的怪物、成为罪犯的最强大的力是一致的，而且前者是后者的先决条件。长期以来，我们对培根——从文字的大意来说，他是第一位现实主义者——了解得不够多，因此想知道他干了些什么，想干什么，亲身经历了什么。见鬼去吧，我的批评家先生们！如果我当时给我的查拉图斯特拉取个陌生的名字，比如说取名理查德·瓦格纳，那么凭两千年修炼的洞察力也难以猜出，《人性的，太人性的》的作者是查拉图斯特拉的幻影。

5

谈到我恢复健康的问题时，我在这里有必要说一句：我要对那些在我一生中最深厚、最亲切地使我康复的事情表示谢意。毫无疑问，这指的是同理查德·瓦格纳的亲密往来。对我来说，其他人都是低劣的；我无论如何不想从我的生活中抹去在特利普森度过的日子，那是信赖而快乐的日子，那是高品位的意想不到的日子，有着深刻印象的瞬间。我不知道别人和瓦格纳在一起有什么体会——从来没有一朵云彩掠过我们的上空。因此，我再次提起法国，对于瓦格纳派系的所有这类人，只要蔑视地撇一下嘴角就够了，我没有理由去尊敬哪一个认为自己像瓦格纳的人。我具有高深的天性，凡是德国的东西都和我格格不入，以至于只要和德国人接近就感到反胃，我与瓦格纳的第一次接触，也是我生命中第一次深呼吸。我感觉到，我尊敬他，把他看作异国人，看作对立面，看作对一切"德国道德"的真正的抗议者。

十九世纪五十年代，我们在泥潭般的氛围中度过童年，因此，我们对"德国的"这个概念必然是悲观者；我们只能当革命者，我们绝不容许出现伪君子高高在上的情景。不管这个伪君子今天如何乔装打扮，不管他是穿鲜红外衣还是穿轻骑兵的制服，对我来说完全是无关紧要的。好吧！瓦格纳曾经是一位革命者，他离开了德国人。作为艺术家，一个人在欧洲除了巴黎便没有栖身之地；艺术上的五种微妙的感觉（这是瓦格纳艺术的先决条件），那种精细入微的感觉、心理上的病态，这些只有在巴黎才能找到。在任何地方，人们都没有狂热地去追求形式问题，都没有严肃认真地去对待舞台布景，而巴黎的认真却是出类拔萃的。

在德国，人们对于像巴黎艺术家那样心存远大的志向根本没有什么概念。德国人是温和的，而瓦格纳绝对不是温和的。但是，关于瓦格纳归属哪一类，与谁有亲缘关系，我已经说得够多了（见《善恶的彼岸》），这就是法国后期浪漫派，属于那种青云在上、飞黄腾达类型的艺术家，如德拉克洛瓦和柏辽兹，他们都具有病态，本质上不可救药，他们都是追求表现的不折不扣的狂热分子，都是彻头彻尾的名家。究竟谁是瓦格纳第一个有才智的追随者呢？夏尔·波德莱尔，他首先理解了德拉克洛瓦，是个典型的颓废派，整整一代的艺术家在他身上重新认识了自己——他也许也是最后一个。我永远不能原谅瓦格纳的是什么呢？就是他屈节听从德国人——他成了德意志国家的人。只要德国够得着的地方，那儿的文化就会被捣毁。

6

经过全面考虑，要是没有瓦格纳的音乐，我就无法忍受我的青年时代。因为我已注定成为德国人了。好吧，那我就需要瓦格纳。瓦格纳是对付一切德国东西的一流的抗毒素，他也是毒品，这点我不否认。从我听到《特里斯坦与伊索尔德》钢琴片段的那一刻起——向你致敬，冯·毕洛夫先生——我成了瓦格纳派。

我觉得瓦格纳的早期作品并不怎么样，还是太平庸了，太"德国化"了。但是，我今天还在寻找一部作品，像《特里斯坦与伊索尔德》那样具有同样惊险的诱惑力，具有同样无限的恐惧和无限的甜蜜。我找遍了所有的艺术作品，但是徒劳无功。只要响起《特里斯坦与伊索尔德》的第一个音符，达·芬奇的所有神秘感便失去了魅力。这部作品绝对是瓦格纳的登峰造极之作；作为消遣，他又创作了《纽伦堡的名歌手》和《尼伯龙根的指环》。这两部作品使他变得更健康了。不过，对于像瓦格纳那样的天性而言，这是一个退步。我生逢其时，又生活在德国人之中，使我成熟到能适应这部作品，我把这看成是最大的幸福。

在我身上，心理学家的好奇心竟能达到如此程度。对于一个从来没有病得足以沉湎于这种"地狱般的狂欢"的人来说，世界是贫乏的：应该允许甚至命令在这里使用一种神秘的用语。我想，我比任何人都了解瓦格纳能够创造奇迹，除了他，没有人能够展翅飞翔在令人陶醉的大千世界；像我这样，强大得足以把最可疑和最危险的东西转变为有益于我的东西，因此使我变得更为强大，所以我把瓦格纳称为我生命中最大的恩人，我们有亲缘关系的原因在于，我们遭受到的痛苦要比本世纪其他人所能忍受的痛苦更深，而且我们还要遭受互动干戈的痛苦，这就将我们的名字永远连在一起。无疑，在德国人中间瓦格纳只是被误解了，我也是这样，而且永远是这样。你们首先要经过两百年的心理和艺术方面的训练，我的日耳曼先生们！但是这已经无法补救了。

7

我还要对那些机敏的读者说一句：我到底想从音乐那里得到什么。音乐是愉快的、强烈的，像十月的午后一样。音乐是奇特的、欢快的、温柔的，像一个卑俗而妩媚的、娇小而甜蜜的女子。

我永远不同意德国人懂得什么是音乐的说法。那些所谓的德国音乐家,特别是最伟大的音乐家都是外国人——斯拉夫人,克罗地亚人,意大利人,荷兰人或犹太人。在另一种情况下,像海因里希·许茨[①]、巴赫和亨德尔,他们都是属于强大种族的德国人,已经绝种的德国人。我本人还是十足的波兰人,与肖邦相比,我献给音乐的只有一丁点。我看,出于这三个原因,我要把瓦格纳的齐格弗里德式的田园诗作为例外,也许也要把李斯特的某些作品作为例外,他气派的管弦乐调子胜过所有的音乐家;最后还要把在阿尔卑斯山那边生长的一切东西作为例外——在那一边,我不能缺少罗西尼,也不能缺少我的南国音乐,我的威尼斯音乐大师彼得·加斯特的音乐。如果我说起阿尔卑斯山的那边,我真正指的只是威尼斯。如果我要寻找另外一个词来表示音乐,我认为这个词也只能是威尼斯。我不会区分眼泪和音乐之间的差别,我知道,出于恐惧而战战兢兢地去思念南方,是件高兴的事。

不久前在一个褐色的夜晚,

[①] 海因里希·许茨(1585—1672):德国作曲家。

我伫立在桥边。

歌声从远方飘来,

桥下流水叮当响,

从荡漾的水面掠过。

游艇,灯光,音乐——

醉人的景象融入暮色间。

我的灵魂,像弦乐演奏,

暗中受到感动而吟唱,

还有一首游艇之歌悄悄做伴,

由于纷繁的欢乐而颤抖——

难道有人在倾听?……

8

在所有这些事物中——营养、地方、气候和休养的选择——居主导地位的是自我保存的本能,毋庸置疑,自我保存的本能就是自卫的本能。

对许多事物采取不看、不闻、不接近的态度,这是最最聪明的,不是偶然的而是必然的第一证明。能运用这种自卫本能的词语就是鉴赏力。说"是"将是"无私的",它的命令式不仅指令说"不",而且尽可能少说"不"。要摆脱那些总是需要说"不"的人。道理在于,抵抗力的消耗(尽管还不多)变成常规和习惯之后,就会引起特别的十分广泛的贫困。我们巨大的消耗是由经常性的、少量的消耗积累起来的。抵抗,与人和事保持距离,这是一种消耗——对此你不要欺骗自己——一种出于消极目的浪费力量的消耗。一个人只有在不断需要防卫时,可以变得十分软弱,才能不再保护自己。如果我走出我的家门,找到的不是幽静和高雅的都灵,而是德国的一座小城,我的本能将会停止,遏制从这个没有鲜明特色而卑鄙的世界向它袭来的一切东西。或者,我找到的是德国的大城市,这个造出来的不道德之地,什么都发展不了,不管任何东西,是好的还是坏的,出色的东西都是外来的。那么,我不是得在那里变成一只刺猬吗?但是,长刺是一种浪费,甚至是加倍的浪费。如果是赤裸裸的,没有刺,只有张开的双手……

另一种聪明和自卫是要坚持尽可能少做反应,要避开似乎会使人失去"自由"和创造力,变得只会起反应的那种环境和条件。我拿读书做比喻。一个其实只会"翻阅"书本的学者——平庸的语言学家一天可以翻阅大约200本书——最终会完全失去独立思考的能力。如果他不翻阅书本,他就不会思考。当他思考时,也只是回答有吸引力的东西,回答书中的思想,最终他只能对书本起反应作用。学者把自己全部的精力花在肯定和否定上,花在对某事已有看法的批评上,他自己就不用再思考了。他身上的自卫本能就变得软弱无力;在另一种情况下,他可能会对书本进行驳斥。学者,就是颓废派。下面的情况是我亲眼所见:天分很高,思想自由的人早在十九世纪三十年代已"因为读书而蒙受耻辱",像火柴那样需摩擦才能产生火花——"思想"。黎明前的清晨,万物清新;早晨,人的精力充沛,这时候去读书——我称之为不道德的行为!

9

在这里,不用再兜圈子就对下述问题做一个直接的回答:一个人怎样成为他现在这样?为此,我接触到自我保存艺术的杰作——利己主义。假定说，使命、信念、使命的遭遇都明显地超出一般的标准，那么就没有什么东西比面对肩负使命的自我更为危险的了。一个人要成为他现在这个样子，先决条件是：他根本没有料到自己会成为现在这个样子。按照这种观点，甚至连生命中的失误，浪费在那些远离使命的工作上的、暂时走上歧途和邪路的迟疑、"谦虚"以及真诚，也都有其独特的意义和价值。这里面可能表现出伟大的智慧，甚至是最高的智慧。在这里，反求诸己也许是走向毁灭的处方，而自我忘却、自我误解、自我蔑视、自我狭隘化和自我平庸化却会变成理性本身。用道德上的用语来表达：博爱、舍己为人等可能是保持最强烈的自我的准则。

例外情况是：与我惯常的原则和信念相反，我站在"忘我"本能的一边，这种本能在这里是为自私和自律服务的。人们必须使整个意识表面——意识就是表面——保持纯洁，不受任何伟大的绝对命令的污染。甚至要当心任何大话，要当心任何伟大的姿态！真正的危险在于，本能过早地"了解自己"。在这期间，那种有组织性的、适合执政的、很想从政的思想深处的"观念"不断地生长出来，这种想法开始发号施令，慢慢地把人从歧途和邪路中拉回来，它预备了各种品质和能力，总有一天这些品质和能力会被证明是实现整体必不可少的东西，按照顺序，在它还没有透露任何有关"重要使命""目标""宗旨""意义"的迹象之前，它就培养了一切有用的能力。

从这个角度来看，我的一生简直是充满奇迹。为了完成重估一切价值的使命，也许需要比一般人具有更多的能力，特别需要对立的、没有互相干扰的、没有互相破坏的能力。能力的等级制、距离感，艺术分歧而不互相为敌，不混淆任何东西，不"调和"任何东西，种类繁多而不混乱——这是我本能的先决条件，是我本能长期进行的秘密工作和艺术家气质的体现。这种本能保护得非常好，以至于我完全不知道在我心里滋长着什么。我所有的能力都很成熟，达到十分完美的程度，有一天突然爆发了出来。

在我的记忆中，我似乎没有为任何事情竭力奋斗过；在我的一生中，我无法证明我做过一丝一毫的拼搏，我是一个与英雄气质相反的人。心中"想要"什么,"追求"什么,胸怀一个"志向",心存一个"愿望"……从我的经验中,我对这些都一无所知。此时此刻,我展望我的未来——遥远的未来!——如同展望平静的海面一样,没有丝毫的渴念会打扰大海的宁静。我丝毫不想改变现状,我本人也不想变成另外一个人。但是,我就是这样生活过来的。我没有什么愿望。有人在自己活了44岁之后可以这样说,他没有为荣誉、女人和金钱奋斗过!我本来就不缺这些东西。比如说,有一天我当上了教授——太遥远的事情我从来没有考虑过,因为我那时还不到24岁。有一天,我提早两年成了语言学家。之所以这样说,是因为我的第一篇语言学的论文——不管从哪个角度说,这篇论文都是我的起点——按照我的导师里奇尔的要求,发表在他主办的杂志《莱茵博物馆》上(里奇尔,我怀着敬意提起这个名字,他是我至今所见过的唯一具有天才的学者。他具有那种令人舒适的迂腐气,这种气质是我们图林根人的特征,甚至连德国人也对此有好感。为了找到真理,我们甚至宁愿选择隐蔽的小路。我想把这几句话用在我较亲近的老乡,聪明的利奥波德·冯·兰克身上,绝对不会低估他)。

10

在这里,有必要讲一个大的意识问题。

人们也许会问,为什么我会叙述这些微不足道的小事?如果我确定要担负伟大的使命,那就更加伤害我自己。我的回答是:这些微不足道的事情——营养、地方、气候、休养,使自私自利成为现实——都超越全部的概念,比人们至今为止认为重要的所有东西都更加重要。正是在这些问题上,人们必须开始重新学习。人类至今为止认真思考过的问题甚至都不是现实的,而纯粹是幻想。

严格地说,谎言来自病态的、最深层意识受到伤害的人的恶劣之本能,所有这些概念是指"上帝""灵魂""美德""罪恶""彼岸""真理""永恒的生命"……但是人们却在这些概念中寻找人性的伟大和人性的"神圣"。所有政治上的问题、所有社会制度的问题、所有教育问题统统都是虚假的。它们把危害性最大的人视为伟大的人物,它们教诲别人轻视"微不足道"的事,其实就是轻视生活中基本的东西。我们现在的文化从高度上来说是歧义的。德国皇帝同教皇串通一气，好像生命死敌的代表人物不是教皇！

今天创立的价值，三年后就不复存在。如果我以此衡量自己，我会什么不值一谈，我要做的就是推翻，并建立前所未有的价值，跟任何一个普通的人相比，我要求更多的"伟大"这个词。如果现在我要把自己同那些向来被尊为人类中上等人的人比较一下，那么两者间的差别是明显的。我根本不把这些所谓的"上等人"当作人，在我看来，他们是人类的渣滓，是病态和有强烈复仇本能的怪物；他们纯粹是引发灾难的、完全无药可救的、仇视生命的非人。

我要与他们为敌：我的优先权是，对健康本能的所有征兆非常敏感。在我身上没有任何病态的迹象，我就是患重病时身上也没有病态；想在我的本质中找一丝狂热的痕迹，那是徒劳的。谁也无法证明，在我生命的任何时刻，我采取过狂妄或悲怆的态度。激昂的姿态不属于伟大；谁需要做作的姿态，谁就是虚伪的。提防所有性格多变的人！当生活需要我付出最大的艰辛时，生活对于我来说变得轻松了，甚至是非常轻松。谁在今秋70

天的时间里,看见我怀着对后代的责任感,不停顿地从事头等重要的、空前绝后的伟业?谁都察觉不到我身上有一点紧张的情绪,反而发觉我充满活力和愉快。我从来没有吃得这样津津有味,睡得这样香甜。我不知道除了用游戏,还可以用什么方式去从事伟大的使命:作为伟大的象征,这是重要的先决条件。一丝一毫的强迫,郁郁寡欢的面色,生硬拙劣的嗓音,所有这些都是对一个人表示不满,更多的是反对他的工作。必须有坚强的神经。

忍受孤独也是一种抗拒,我一直忍受"许多孤独"。在早年很荒唐的时候,7岁吧,我已经知道,人类的语言永远进不了我的耳朵,有人看见我为此感到忧伤吗?我今天对每个人还是一样的随和,甚至还激励那些最卑贱的人。总而言之,我没有一点傲慢,毫不隐藏轻蔑。我蔑视谁,谁就会流露出他被我蔑视的神情;我仅仅以我的存在就能激怒那些体内流着卑劣血液的人。对于人类的伟大,我言简意赅地说就是热爱命运:一个人不要除此之外的其他东西,未来不要,过去不要,永远都不要。不仅要忍受必然性,也不要隐瞒它,而要热爱它——在面对必然性时,所有的理想主义都是谎言。

我为什么能写出这样优秀的书

1

我是一回事,我的著作是另一回事。在我还没有谈这些著作之前,我在这里首先要提一下对这些著作的理解或者不理解的问题。我只是随便提一下,其实并不合适,因为谈这个问题的时机绝对还没有到来。我的时代也还没有到来,有几本书要作为遗作发表。

不管什么时候,人们都需要建立另外的制度,在这些制度中人们过的生活和所受的教育就像我所理解的那样;也许哪一天甚至要设大学教授职位来讲解《查拉图斯特拉如是说》。但是,如果我今天就希望有人能听懂并领会我的真理，那么这与我的本能完全是矛盾的：今天人们不会听我的，今天人们还不懂得从我这里吸收东西，这不仅可以理解，而且在我看来也是有理由的。

我不想被人混淆，同时，我不能混淆自己——我再说一遍，在我的一生中，你很难证明我有什么"恶意"；即使是文字上的"恶意"，我也几乎举不出一个例子。相反，纯粹的傻事倒做了不少。我觉得，如果有人拿起我的一本书——我甚至认为，他会因此脱掉鞋子，就更不用说脱去靴子了①——那么他就可以证实他自己得到了罕见的嘉奖了。

有一次，海因里希·冯·施泰因博士坦诚地诉说，他对我的《查拉图斯特拉如是说》一书完全不理解。我告诉他，这是很正常的：如果一个人理解了书中的6句话，也就是说，体会了这些话，那么他可以把普通人提升到"现代人"所能到达的更高一层的境界了。有了这种距离感，我怎么能希望我认识的"现代人"去读我的书呢！我的成功与叔本华的成功刚好相反，我说："现在没有人读我的书，将来也没有人读我的书。"人们在

---

① 脱去鞋子、靴子在德语中有微微发抖的意思。

否定我的著作时总是做出无辜的样子,我不想低估这种无辜给我带来的乐趣。

还在今年夏天,有段时间我也许有能力以我重要的文学、太有分量的文学使其余的全部文学失去平衡,这时柏林大学有位教授好意地向我暗示,说我应该用另一种方式:这类东西没有人能读。最后,不是德国,而是瑞士提交了两个极端的事例。约瑟夫·魏德曼①博士在《联邦》杂志上发表了一篇有关《善恶的彼岸》的文章,标题为《尼采的危险著作》。另外,就是卡尔·施皮特勒②先生为我的著作撰写了一篇综合报道,也发表在《联邦》杂志上。这两篇文章是我一生中最好的东西——对此我要小心谨慎地说。比如,后者把我的《查拉图斯特拉如是说》看作是"较高的风格尝试",并希望我今后还要关心一下内容。魏德曼博士表示敬重我在努力消除一切合乎礼节的情感方面所表现出来的勇气。由于偶尔略施狡诈之手腕,他使这些文章的每一句话都合乎逻辑,这让我肃然起敬,不过事实上却是颠倒是非。其

---

① 约瑟夫·魏德曼(1842—1911):瑞士作家。
② 卡尔·施皮特勒(1845—1924):瑞士诗人。

实,他什么都不用做,只要"重估一切价值",就能以引人注目的方式击中我的要害,用不着把钉子钉在我的头上。更何况我试图得到一种解释——最终,没有人能够从包括书本在内的事物中,听到比他已经知道的更多的东西。在经历中无法理解的东西,就无法分辨。

让我们思考一个特殊的例子:例如一本书谈的纯粹是经历,而这些经历完全不可能是经常性的,甚至更罕见——那么它是一系列经验中的最初的语言。在这种情况下,简直什么也听不到,由于听觉上的错觉,在听不到什么东西的地方,也就以为那里什么东西都没有。总之,这是我通常的经验,如果你愿意,也可以称作我经验的原创性。

自以为理解我著作中某些东西的人,其实只是根据自己的想象从我的东西里整理出某些东西,常常与我的本意是相矛盾的。比如,说我是一个"理想主义者";对我的东西毫无了解的人,就不会把我放在考虑之列——"超人"这个词是教养最好的那一类型的人的标志,这种人与"现代"人、"好心"人、基督教徒和其他虚无主义者完全相反——这个词出自查拉图斯特拉之口,出自毁掉道德者之口，是个令人深思的词；这个词几乎处处都无辜地被理解为与查拉图斯特拉形象对立的那种价值，硬把超人说成是一类较高等的"理想主义"典型的人，是半个"圣人"，半个"天才"。由于这个词，另外一些受过教育的有角牲畜竟然怀疑我是达尔文主义者；在这里面，甚至又流露出那个违背知识和意志的大骗子卡莱尔①的"英雄崇拜"的思想，这种思想是我所深恶痛绝的。如果我悄悄地对某人说，他最好在切萨雷·波吉亚②那里而不是在帕西法尔那里寻找超人，他会不相信自己的耳朵的。

请大家原谅，我不能满足任何人的好奇心。我反对评论我的著作，尤其在报纸上。我的朋友、我的出版者知道这一点，他们不跟我谈诸如此类的事。有一次，在一个特殊的场合，我看见有人对我的一本书——《善恶的彼岸》——发表了种种非议，对此，我可以写一篇优秀的报道。要是你相信的话，《民族报》——普鲁士的一家报纸——会为我的外国读者写补充说明。恕我直言，我本人

---

① 卡莱尔（1795—1881）：英国作家，主张英雄崇拜。
② 切萨雷·波吉亚（1475—1507）：意大利文艺复兴时期的诸侯。

只读《巴黎晚报》——真的,我知道这本书是"时代的象征",是地地道道的真正的容克哲学,而《十字报》是缺乏勇气说这种话的。

2

这是对德国人说的,因为在其他地方到处都有我的读者——他们都是杰出的智者,都是受过考验的,受过高级职位和职责教育的人物,甚至只有在我的读者中才有真正的天才人物。在维也纳、圣彼得堡、斯德哥尔摩、哥本哈根、巴黎和纽约……到处都发现了我,只有在欧洲的平原——德国,没有发现我。

我承认,我更喜欢那些没有读过我的书的读者,他们从来没有听过我的名字,也从来没有听过哲学这个词。但是,不管我走到哪里,比如说在都灵吧,那里的人一见到我,就显得轻松愉快。最使我感到得意的是市场上的老妇们,她们在没有为我挑选出最甜蜜的葡萄之前,是不肯停手的。一个人达到这种程度,他肯定是哲学家了。

人们称波兰人是斯拉夫人中的法国人,这不是没有道理的。一个妩媚可爱的俄国女子时时刻刻都不会搞错我的身份。摆出庄严的样子,我做不到,这样反而使我变得十分尴尬。德国式的思想,德国式的感觉——我什么都会,但是,这一切都超出了我的力量。我的老教师里奇尔甚至认为,我在思考我的语言学论文时就像巴黎的小说家一样,荒唐而紧张。甚至在巴黎,人们也对我表现出的"临危不惧和感觉灵敏"感到惊讶——这是泰纳先生的说法。

我担心,即使以酒神颂歌的最高形式,人们也会在我身上——我的身上掺入了永远不会变得愚蠢的"德国式"的精华——找到机智。我只会如此。上帝助我!阿门。我们大家都知道,有些人甚至从经验中得知,长耳朵①是什么意思。那好吧,我敢声称,我有最短的耳朵。这一点会使妇女们很感兴趣——我觉得,她们感到我能比较正确地理解她们。我是最出色的反驴者,因而成了世界历史上的一个怪物——在希腊语中,也不仅用希腊语来说,我是反基督者。

---

① 长耳朵:指驴。

3

我比较清楚我作为作家的特权;个别情况也向我证实,习惯读我的著作会"毁坏"鉴赏能力。人们简直不能再忍受其他的书了,至少是哲学的书。踏入这样一个高尚而微妙的世界是无可比拟的荣誉——能做到这一点的绝对不会是德国人;这是人们最终应得的荣誉。

但是,凡是与我一样到达意志高峰的人,就会体验到学习时带来的真正的兴奋:因为我来自小鸟从来都飞不到的高峰,我认得还没有人误入的深渊。有人对我说,读我的书会爱不释手,我的书甚至会扰乱夜间的宁静。绝对没有更为令人骄傲和完美的书了——这些书达到了地球上人们所能到达的顶峰,算得上犬儒哲学①;人们必须有最敏感的感觉和最大的勇气才能征服这些书。任何脆弱的精神都学不了,甚至任何一次消化不良就永远学不好:一个人神经不要紧张,要有一个快乐的腹部。不仅精神贫乏和狭隘会使你学不了,而且内心的怯懦和肮脏,以及心怀复仇欲也使你学不了——我的一句话就会

---

① 古希腊抱有玩世不恭思想的哲学流派。

使你看到所有卑劣的本性。

我在我的熟人那里做了很多试验,我津津有味地看着他们对我的著作做出各种各样的、富有教益的不同的反应。凡是不想涉及著作内容的人,比如我所谓的朋友,都会因此变成"无个性的":他们祝愿我的幸福到达"这个地步"——希望我在语气更为活泼方面再迈出一步。这些十分邪恶的"精灵""美丽的灵魂",彻头彻尾的骗子,他们简直不知道应该怎样读这些书,因此他们就轻视这些书,这就是所有"美丽的灵魂"美好的、合乎逻辑的行为。在我的朋友中间的那些有角牲畜——恕我直言,纯粹的德国人——使我了解,他们并不总是同意我的意见,但是有时候,我甚至听到对《查拉图斯特拉如是说》这本书的不同意见。同样,人们绝对不要进入这个可怕的知识迷宫。

人们应该永不吝惜自己的精力,应该具有坚强不屈的习惯,才能在冷酷无情的真理中满怀信心,轻松愉快。假如要我想象一位完全的读者形象,那他总是一个有勇气而又好奇的怪物,此外,也是一个柔韧的、狡猾的、谨慎的怪物,还是一个天生的冒险家和探索者。

最后，我不知说什么更好，我自言自语到底是对谁说，查拉图斯特拉这样说：他要向哪一个人讲述他的谜呢？——

向你们这些勇敢的探索者和尝试者讲述，你们曾经驶着轻巧的帆船在惊涛骇浪的大海上航行。

向你们这些令人费解的酒徒和被假象迷惑的欢乐者讲述，你们的心灵被笛声引诱到每个令人发狂的深渊。

因为你们不想用怯懦的手去探索一根线索；在你们能够猜对的地方，你们就会憎恨推断……①

4

同时，我还要概述一下我在风格方面的技巧。通过符号（包括这些符号的韵律）表达一种状态，表达一种激昂的内心紧张情绪，这就是每一种风格的意义；鉴于我的内心状态极其多样，因此，我能够表现多种多样的

---

① 《查拉图斯特拉如是说》第三部分第二章。

风格，具有任何人曾经具备的多方面的风格技巧。任何风格只要真正表达人的内心状态，只要在符号、符号的韵律、表情方面——所有多元组合句的法则都是表情的艺术——没有出错，都是好的风格。在这方面我的本能是不出差错的。

好的风格本身——纯粹是傻事，只是"理想主义"，大概像"美好本身"，像"完美本身"，像"事物本身"——还是有前提的，即要有听众，这些听众能够产生同样的激情，而且是当之无愧的，我们可以向他们倾诉衷情。比如说，在此期间，我的查拉图斯特拉就在寻找这些人。啊！他还要找很长的时间！肯定值得人们去听听他怎么说。直到那时，还没有人理解被浪费在这里的那种技巧，还从来没有人比这更多地浪费过崭新的、闻所未闻的、真正首创的艺术手法。"在德语中可能有过类似的艺术手法"，这种说法还有待证明，我本人可能曾经是坚决反对这种说法的。在我之前，人们不知道可以用德语做什么，伟大韵律的技巧，多元组合句法则的伟大风格（用以表达一种高雅的、超人的激情的巨大波动），这都是我首先发现的；带着《查拉图斯特拉如是说》第三部最后一节标题为《七个印记》的酒神之歌，我飞翔在向来被称作诗歌的千里高空之上。

5

从我的著作中，可以看出我是一位无与伦比的心理学家，这也许是一位优秀读者的最佳眼力——就像我赢得的一位读者一样，他读我的书就像优秀的老语言学家读贺拉斯①一样。全世界的人，更不用说那些平庸的哲学家、道德学家和其他没有头脑的人，基本上都同意那些话，而那些话在我看来是错误的幼稚言行。

比如，当自我本身只是一种"较高级的欺诈"、一种"理想"时，相信"无私"和"自私"是对立的。既没有自私的行动，也没有不自私的行动——这两个概念在心理学上都是荒谬的。或者"人人都追求幸福"，或者"幸福是道德的报答"，或者"快乐与不快乐是对立的"……人类的喀耳刻②——道德，彻头彻尾地伪造了一

---

① 贺拉斯（前65—前8）：罗马诗人。
② 喀耳刻：通译为瑟西，荷马史诗《奥德赛》中的女巫。

切心理学上的东西,使一切都道德化了,以至于达到十分荒谬的地步,甚至连爱情都要有点"无私"。一个人必须自己坐稳,必须勇敢地站稳脚跟,不然,根本就不能去爱别人。

为了不让别人对我在这方面所抱有的正派而严肃的信念产生怀疑,我还想从我的道德惯例中选出一句用以反对不道德行为。我用不道德行为这个词同一切违反自然的行为做斗争,或者,如果你们喜欢好听的字眼,就是同理想主义做斗争。这句话即"宣扬贞洁就是公开煽动违反自然的行为。所有对性生活的蔑视,所有用'不贞洁'这个概念对性生活的玷污,都是对生命的犯罪,都是违反生命这个神圣精神的真正罪行"。

6

为了理解作为心理学家的我,我举出在《善恶的彼岸》一书中出现的一段奇特的心理学描述,此外,对于我在此处描述的是哪个人,我不允许你们做任何推测——

心灵的天才，像伟大的隐居者，像诱惑之神，像天生良知的捕鼠者，他的声音可以深入到每个灵魂的深处；他一言不发，也不看一眼，在他的目光里对诱惑不屑一顾，他懂得发光，这是他的高超技能——不是以他本来的面目出现，而是更多地强迫他的追随者，更加接近他，更加诚心地、彻底地追随他……

心灵的天才，他使一切爱喧闹的人和爱虚荣的人默不作声，并教他们服从；他使粗暴的灵魂得到安宁，并让他们品尝新的希望；静静地躺着，像一面镜子那样，让深邃的天空映照在他们上面……

心灵的天才，他教导笨拙而鲁莽的人变得稳重，更巧妙地把握事情；他能猜测出在混浊而深厚的冰层下面隐藏着的和被遗忘的财宝、少量珍宝，以及芳香的精神财富；他是探矿者，能把长期掩埋在泥沙深土中的每粒金子探测出来……

心灵的天才，由于接触了他，每个人都更加富有——不是恩赐的，不是从天而降的，不是像外来的财富使人感到喜悦、感到压抑，而是使自己富有，恢复了元气,冰雪融化,一阵和风吹来,他悄悄地探听,也许变得更加没把握,更加细弱,更加柔弱易破裂,但是却充满希望,说不出名堂的希望,充满新的意志和潮流,充满新的不满和反潮流。[①]

---

① 《善恶的彼岸》第9章。

我为什么是命运

1

做出与至今为止一切被信仰的、被要求的、被神圣化的东西进行斗争的决定的回忆连在一起。我不是人，我是炸药。不管怎么说，我思想里没有任何东西表明我是一个宗教创始人——宗教是下层民众的事，同信教的人接触之后，我必须洗手。我不需要任何"信徒"，我想，我再狡黠也不会去信仰我自己，我从来不同庸人说话。我非常担心，有一天人们会称我是神圣的——你们也许猜到，为什么我预先出版这本书，就是为了预防别人拿我胡作非为。我不想做圣人，宁愿做傻瓜。也许我就是一个傻瓜。但是尽管如此，或者，不如说尽管不是如此——因为从来没有比圣者更具有欺骗性的了——我是真理之声。但是，我的真理是可怕的，因为到目前为止人们称谎言为真理。

重估一切价值，这就是我对人类最高的自我反省行为的表达形式，这种行为在我身上已成为血肉和天赋。我的命运要我必须成为第一个诚信的人，要我懂得我是与几千年来的虚伪相对立的。由于我首先感觉到，也就是嗅到谎言就是谎言，因此我才发现了真理。我的天才在于我的鼻孔。我反对的东西，从来没有人反对过。尽管如此，我与否定的精神是对立的。我是一个快乐的使者，还没有一个人像我那样认识迄今还没有名称的、崇高的使命，从我开始才又有了希望。

不管怎么说，我必然也是一个灾难性的人。因为，当真理与几千年来的谎言做斗争时，一定会产生意想不到的震撼和天翻地覆。然后，政治这个概念就完全化为精神战争，旧社会的一切权力产物都被炸得粉碎，因为它们都是建立在谎言上的，一定会爆发地球上还没有爆发过的战争。从我开始，世界上才有伟大的政治。

2

要寻找蓝图,以便修建一条做人的人生道路吗?它就在我的《查拉图斯特拉如是说》一书中——

> 在善与恶方面,谁要成为创造者,真的,他首先必须成为毁灭者,打破各种价值。
>
> 就是说,最大的恶是最大的善的一部分。可是,这种最大的善是创造性的。

我绝对是迄今为止最可怕的人,但这不防碍我成为乐善好施的人。我知道毁灭的快乐,这种快乐的程度与我的摧毁力一致,在这两种情况下,我都听从我的狄俄尼索斯的本性,这种本性无法使无为与肯定分开。我是第一个非道德主义者,因此,我是卓越的破坏者。

3

你们不问我,你们也许应该问我,在我的口中,在第一个非道德主义者的口中,查拉图斯特拉这个名字究竟意味着什么?因为这个波斯人非凡的独特性在历史上做出的价值,正是与此相反的东西。

查拉图斯特拉在善与恶的斗争中首先看到了万物运转的真正的车轮——他的工作就是把道德转变成形而上学的东西,作为自在的力、原因、目的。但是,从根本上来说,这个问题也许已经是答案了。查拉图斯特拉创造了这个最严重的错误:道德。因此,他也肯定是第一个认识这个错误的人。这不仅是因为他在这方面比普通的思想家具有更长久、更丰富的经验——整个历史实际上都是对所谓的"道德世界秩序"原理进行的实验性反驳——更重要的是,查拉图斯特拉比任何一个普通思想家都真实。

他的学说,而且也唯有他的学说,把其真诚性视为最高道德——这就与逃避现实的"理想主义者"的胆怯相对立。查拉图斯特拉身上的勇气要胜过所有思想家的勇气的总和。说老实话和有的放矢,这是波斯人的美德。你们明白我的意思吗?道德的自我克制出于真实,道德家的自我克制出于有对立面,即我——这就是我口中所说的查拉图斯特拉名字的含义。

4

从根本上来说,我说的非道德主义者这个词,含有两个否定。第一,我否定迄今为止被认为最高尚的那种类型的人,如善良的人、亲善的人、行善的人;第二,我否定有影响力的和占统治地位的道德——颓废的道德,更明确地说,就是基督教道德。可以认为第二种否定更重要,因为,高估善良和仁慈在我看来一般是颓废的结果,是懦弱的象征,是与上升的和肯定的生命不相容的:否定和毁灭是肯定的条件。

我首先谈谈善良者的心理学。为了评定某种类型的人的价值,必须把维持这种人生存的代价考虑进去,必须知道这种人的生存条件。善良者的生存条件是谎言,换句话来说,就是无论如何不想看到现实到底是怎么样的,即,不是为了随时向善意的本能挑战,更不是为了容忍盲目和温顺的手随时来干预。把各种危机视为反对意见,认为必须予以消除,这是愚蠢的做法,一般说来，这是其后果的真正祸害，是愚蠢的命运，几乎愚蠢到就像由于同情穷人而以人的意志要老天爷取消恶劣的天气一样。

在整体伟大的经济学中，现实的可怕（表现在感情、渴望和权力意志中）远比微小的幸福的那种形式（所谓的"善"）更具有必然性；为了给"善"一个地位，人们甚至必须采取宽容的态度，因为它是由本能的欺骗决定的。我有充分的理由向整个历史证明这种乐观主义（这个乐观者的怪胎）的可怕后果。查拉图斯特拉第一个知道，乐观主义者如同悲观主义者一样堕落，也许危害性更大，他说："善良的人从来不说真话。"善良的人教你们走向伪装的彼岸和安全的地方；你们出生和隐藏在善良者的谎言中。一切事物都受到善良者的欺骗和蒙蔽。

幸好这个世界不是只建立在温顺的群居动物借以寻找其微小的幸福的本能上面；要求所有"善良的人"、群居的动物、蓝眼睛的人、仁慈的人、"灵魂美丽"的人——或者像赫伯特·斯宾塞先生所希望的那样，他们应该是无私的——必须使生命失去其重要的特征，那就等于阉割人类，损害人类。人们已经试过这样做了，这也叫作道德。从这个意义来说，查拉图斯特拉有时称善良的人为"最后的人"，有时叫"结束的开始"。最重要的是，他把他们当作最有害的一种人，因为他们的生存是以牺牲真理和牺牲未来为代价的——

　　善良的人——他们不能创造，他们永远是结束的开始。

　　他们把将新的价值书写到新的黑板上的人钉在十字架上，他们为了自己而牺牲未来，他们把整个人类的未来都钉在十字架上！

　　善良的人——他们永远是结束的开始。

　　不管诽谤世界的人能做出什么样的损害，善良的人做出的损害都是最严重的损害。

5

　　查拉图斯特拉是善良人的第一位心理学家，因此，他也成了恶人的朋友。如果一个颓废的人要爬到最高阶层，他只有牺牲与他相反类型的人（强大的、把握生命的人）才有可能。如果群居动物放射出最纯洁的道德光彩，那么特殊的人一定会被贬为恶人。如果谎言为了它的表面无论如何要挂上"真理"的面纱，那么就要在名声最坏的人当中去寻找真正诚实的人。查拉图斯特拉在这一点上明确表明：正是认识了善良的人（"最好的人"）使他对人产生了恐惧；这种厌恶的感情使他生出翅膀，"飞向遥远的未来"。他毫不隐瞒地认为，他这种人是相对的超人，与善良的人比较是超人，善良的人和正义的人也许称超人为魔鬼——

你们这些我的目光所遇到的最高等的人！这是对你们的怀疑和窃笑。我猜测，你们也许会称我的超人为——魔鬼！

你们的灵魂对伟大的事物如此陌生，因此超人的善使你们感到恐惧！

人们应该从这段话中和其他章节中，开始了解查拉图斯特拉的愿望是什么：他想象有一种人，能够认清现实的本来面目；他的强大足以使他不会疏远现实，使他不会脱离现实，他本身就是现实，在他身上就有现实中的一切恐惧和疑惑，只有这样，人才能称得上伟大。

6

但是，我还从另外一个意义上去选择反道德主义者这种称谓作为我的标志，荣誉的标志，这种称谓使我超越全人类，我对自己拥有这个名称感到自豪。迄今为止还没有人感到基督教的道德危及自身，还没有人感到具有远见的、闻所未闻的心理学的深度。基督教道德至今仍是所有思想家的妖精——思想家愿意为妖精效劳。在我之前，有谁走进过那些散发出这种理想之毒气（诽谤世界之毒气！）的洞穴呢？有谁敢想象它们是洞穴呢？在我之前，在哲学家中间，有谁是心理学家呢？有谁不是心理学家的对头，不是"高级骗子"和"理想主义者"呢？在我之前，根本还没有心理学。

在这里做第一个心理学家可能是一种灾难，但无论如何，这是命运，因为作为第一的人，也会看不起人。

对人的厌恶是我的危险。

7

你们理解我了吗？在我和别人之间划定界限的东西，使我和其余所有的人分开的东西，就是我发现了基督教道德这件事。所以，我需要一个含有向任何人挑战含义的字眼。以前没有看到这一点，我认为这是对人类有责任的，是最大的不洁，是自我欺骗的本能，是漠视一切事件、一切原因、一切现实的根本意志，是心理学上近乎犯罪的欺骗。对基督教的盲目是重要的罪行——是对生命的犯罪。

几千年来，各民族、古代人和现代人、哲学家和老妇人——除了五六次历史时刻，我是第七次——在这个问题上都互相尊重。基督教徒一向是"有道德的人"，是无与伦比的珍品——作为"有道德的人"，他可能做梦也想比人类最大的蔑视者更加荒谬，更加虚伪，更加自负，更加轻浮，甚至更加有害。基督教道德是一种欺骗意志的最危险的形式，是使人类堕落的真正的妖精。

此刻，使我吃惊的不是正视它的错误，不是几千年来缺乏"善良的意志"、纪律、礼节和它在胜利时流露出来的勇敢精神，而是缺乏自然，违反自然被视为道德而享有崇高荣誉，并被视为法则，当作高悬于人类之上的绝对命令，这是十分可怕的事实！用这种标准，不是作为个人的迷误，不是作为民族的迷误，而是作为全人类的迷误！教人去蔑视生命的第一本能，为了使人蒙受耻辱，虚构出什么"灵魂""精神"；教人在生命的先决条件中，也就是在性中，去觉察不纯洁的东西；教人在繁衍的绝对必要性中，在严格的自私自利中（这个词已经含有诽谤的意思！）去寻找恶的原则；教人在没落和本能矛盾的典型标志中，在"忘我"中，在丧失重点时，在"非人格化"和"仁爱"中（——仁癖！）颠倒较高的价值。

我在说什么呢！看到本来的价值！怎么啦！人类本身处在颓废状态中吗？人类一直是这样的吗？有一点是确定的，那就是只教人类知道颓废的价值才是最高的价值。

去自我的道德本质上是堕落的道德，把"我走向毁灭"这个事实转变为命令式："你们都要毁灭！"——并且不仅转变为命令式！这种过去一直被宣扬的唯一的道德，这种去自我的道德，流露出毁灭的意志，它彻底地否定生命。

这里还有一个可能性，就是说不是人类处于蜕变中，而是教士这些寄生虫打着道德的旗号行骗，把自己说成是价值的决定者，并且在基督教道德中找到夺取权力的手段。事实上，这是我的看法：教师、人类的导师、全部神学家，都是颓废者，因此，重估一切价值就成了他们的死敌，因此，就有了道德。道德的定义：道德是颓废者的特性，带着欺骗的目的报复生命，并且取得成功。我重视这个定义。

8

你们理解我了吗？我刚才说的每句话，也许早在五年前我已通过查拉图斯特拉之口说过。

揭开基督教道德的面具是一个不寻常的事件，是一场真正的灾难。谁阐明了这点，他就是强者，就是命运。他把人类历史斩断为两部分——生活在他之前的人，生活在他之后的人。

真理的闪电正好击中了那些一向耸立在最高处的东西，谁理解到那时已被毁灭的东西，谁就会注意看看，自己手里是否还有点什么东西。

一向被称为"真理"的东西，现在都被认为是最有害的、最险恶的、最见不得人的虚伪的东西；"改良"人类这个神圣的借口，是吸干生命之血的诡计。道德被视为吸血鬼。谁揭开了道德的面具，他也就发现了人们现在或过去信仰的一切价值都是无价值的；在那些最受尊重的人中，在那些以神圣自居的人中，他看不到任何尊严的东西，他认为这些人是灾难性的怪物，说他们是灾难性的，因为他们蛊惑人心。

发明"上帝"这个概念是作为生命的敌对概念——"上帝"这个概念把一切有害的、有毒的、诽谤性的东西，以及所有生命的死敌，全部纳入一个可怕的统一体！发明"来世""真实世界"等这些概念是为了诋毁唯一存在的世界，是为了不给我们人间这个现实世界留下目标、理想和使命！发明"灵魂""精神"，最后甚至还有"不朽的灵魂"这些概念,是用来蔑视身体,使它生病,或者变成"神圣的";是用来轻视生命中值得严肃对待的一切事物和那些有关饮食、住宅、精神食粮、疾病治疗、清洁卫生、天气等问题的!不讲身体健康,而讲"灵魂的拯救"——我要说,这是介于赎罪的心理震动和拯救的歇斯底里之间的循环精神错乱症!发明"罪恶"这个概念,包括属于"罪恶"的枷锁,即"自由意志"的概念,是为了使本能混乱,是为了把对本能的怀疑心变为第二天性!"忘我"和"否定自我"的概念是真正的颓废标志,会引诱出有害的事物,会使人看不到自身的用处,会使自我毁灭变为价值象征,变为"义务",变为"神圣",变为人中的"神"!

最后——这是最可怕的——"善良的人"这个概念泛指一切懦弱的、病态的、失败的、自找苦吃的人,泛指一切应该走向灭亡的人。淘汰的法则被否定了,一种由矛盾构成的理想被创造出来,用于反对值得骄傲的、有良好教养的、积极的、对未来有信心的、未来有保障的人——这些人现在被称为恶人。而所有这些竟被认为是道德!消灭害人虫!

9

你们理解我了吗?狄俄尼索斯反对那个钉在十字架上的人……

旧的真理临近结束

悲剧的诞生

1

为了公正地对待《悲剧的诞生》（1872年）一书，我们必须忘掉一些东西。这本书之所以产生影响，并能吸引人，正是它过错的地方——运用了瓦格纳主义，好像瓦格纳主义成了升起的象征。因此，这个作品在瓦格纳的一生中是一件大事，从那时开始，瓦格纳的名字才有了很大的希望。直到今天，人们还向我提起这件事，也许其中是由《帕西法尔》引起的。这个责任本来要由我来负，因为一般的意见认为，这个运动对文化是有很大价值的。我发现，人们多次引用这个作品作为"由音乐精神产生的悲剧的再生"。人们只听了瓦格纳关于艺术、目标和使命的一个新的公式,其实,隐藏在这个作品中极有价值的东西却被忽略了。

《希腊文化和悲观主义》,这可能是一个明确的标题。这个标题的第一训诫就是,希腊人是怎样对付悲观主义的——他们用什么办法克服了悲观主义?正是悲剧证明了希腊人不是悲观主义者。在这里,叔本华弄错了,正如他在各方面都弄错了一样。站在不偏不倚的立场说句话,《悲剧的诞生》看来是不太合乎时宜的。人们做梦也想不到,这部作品是在沃特①战役的炮声中开始创作的。那时我在军中服役,担任医院护理工作,在九月的寒夜,我在梅斯②围墙前面把这些问题从头到尾思考了一遍;人们宁可相信这部作品是50年前写的。它不牵涉政治——人们今天会说"非德意志的"——它散发着有失体统的黑格尔气息,它只有在几个表达形式上带有叔本华报丧者的香水气味。

这里有一个"思想"——狄俄尼索斯和阿波罗③的对

---

① 德国西南部边境小城。
② 法国西北部边境小城。
③ 希腊神话中的太阳神。

立——被转译成形而上学，历史本身就是这个"思想"的发展，在悲剧中对立上升为统一；从表面看来，从来没有在一起的事物，突然面面相对了，于是互相加以阐明，互相理解了。比如，歌剧和革命……

这本书有两个决定性的革新：第一，希腊人对狄俄尼索斯现象的理解，有人第一次对这个现象进行心理上的分析，并把这个现象看作整个希腊艺术的一个根基；第二，对苏格拉底主义的认识——作为典型的颓废派第一次认识到苏格拉底是希腊解体的工具。"理性"违反本能，无论如何要把"理性"视为危险的、埋葬生命的暴力！

全书对基督教表现出深沉敌意的缄默。基督教既不是阿波罗，也不是狄俄尼索斯，它否定一切美学价值，也就是《悲剧的诞生》一书中承认的唯一的价值。从最深刻的意义上来说，基督教就是虚无主义，而在狄俄尼索斯的象征中却达到了最大限度的肯定。只有一次暗示基督教传教士像"阴险奸诈的侏儒"，是"卑劣的小人"。

2

我这第一部作品是非常奇特的。在我内心深处的经验中,我发现了历史上唯一的比喻和相应物,因此,我是第一个认识狄俄尼索斯这种奇妙的现象的。同时,由于我看清苏格拉底是颓废派,这就完全毫无疑义地证明,我的心理学很可靠,不会有任何对道德有强烈厌恶的危险——道德本身作为颓废的象征是新鲜的事物,是认识史上独一无二的东西。

可怜的傻瓜喋喋不休地空谈乐观主义,反对悲观主义,我的两重性不知要比他们高明多少!我首先看到了真正的对立:利用卑下的报复欲反对生命的蜕化本能(基督教、叔本华哲学,在某种意义上来说还有柏拉图①哲学,整个理想主义都是典型的形式),和一个源于旺盛生命力的、最高级的肯定公式,一种毫无保留的肯定,对痛苦本身的肯定,对罪过本身的肯定,对生活本身所有值得怀疑的和陌生的东西的肯定……这种对生命最后的、最欢乐的、热情洋溢、高兴得忘乎所以的肯

---

① 柏拉图(前427—前347):古希腊哲学家。

定，不仅是最高的认识，而且也是最深刻的认识，这种认识已经被真理和科学严格证实了，并得以被维护。应该清算的东西是虚无的，虚无是多余的——在价值等级制度中，基督教徒和其他虚无主义者所拒绝的生存方面的东西，甚至无限地高于被颓废本能所赞许的东西。

理解这些需要勇气，勇气的条件则是赢得力量，因为一个人只有在勇气和力量的许可下才能接近真理。认识与对现实的肯定，对强者来说是必要的，正如弱者灵感一来就变得胆怯和逃避现实，即"理想"对弱者来说也是必要的一样。弱者无法认识到，颓废派需要谎言，谎言是他们赖以维持的条件之一。谁不仅理解了"狄俄尼索斯"这个词，而且也在"狄俄尼索斯"这个词中理解了自己，他就不必去反对柏拉图，或基督教，或叔本华——因为他嗅出腐烂的气味。

3

我是怎样发现"悲剧"这个概念，即对悲剧心理的最终认识的？我还在《偶像的黄昏》中谈道："肯定生命本身还要肯定生命中最陌生的和最艰难的问题。在牺牲生命的最高形式时，生命的意志令人感到无限欢欣——我称其为狄俄尼索斯，我把这理解为通往悲剧诗人心理的桥梁。不是为了摆脱恐惧和同情，不是为了通过强烈的发泄使自己从危险的感情冲动中得以净化——这是亚里士多德①的误解，而是为了超越恐惧和同情，成为发展本身的永恒快乐，那种快乐也包含毁灭在其中的快乐……"②从这个意义上说，我有理由认为我就是第一个悲剧哲学家——也就是说与悲观主义哲学家是完全对立的。

在我之前，没有把狄俄尼索斯的激情转化为哲学的激情——缺乏悲剧的智慧，我甚至在比苏格拉底早两个世纪的伟大的希腊哲学家中寻找这种悲剧智慧的征象，但徒劳无功。我感到疑惑，我对赫拉克里特③保留一点疑惑，我在他近旁感到比在其他任何地方都温暖得多，心情都好得多。肯定消逝和毁灭，狄俄尼索斯哲学中的决定性的东西，肯定对立和战争，肯定形成，甚至彻底否定"存在"这个概念——我应该承认，不管怎么说，这种

---

① 亚里士多德（前384—前322）：古希腊哲学家。
② 《偶像的黄昏》第10章第5节。
③ 赫拉克里特（约前540—约前480与前470之间）：古希腊哲学家。

思想最接近我的思想。

"永恒轮回"的学说,也就是万物绝对而无限地重复循环——查拉图斯特拉的这个学说,最终也可能是赫拉克里特所主张的学说。至少斯多葛派有这种理论的迹象,这个学派几乎把赫拉克里特的基本观念都继承了过来。

4

这部著作表达了一个非凡的希望。我绝对没有理由对狄俄尼索斯的音乐未来失去希望。让我们放眼未来100年,我们可以确信,我攻击两千年来那种违反自然和亵渎人类的言行会取得成功。那些有崭新生命的人,他们会把所有使命中最伟大的使命和把培养提高人类的使命掌握在手中——包括无情地消灭一切蜕化变质分子和寄生虫的使命在内;他们有可能在地球上重建生命的繁荣,狄俄尼索斯的思想必将因此重新出现。我期待一个悲剧时代的到来。当人类毫无痛苦地意识到最艰苦的,但又是最必要的战争已经过去了,肯定生命的最高艺术,即悲剧,就会重新产生……

一位心理学家也许还会补充一句，说我青少年时在瓦格纳音乐中听到的东西，实际上与瓦格纳毫无关系；说我在描写狄俄尼索斯音乐时，只是描写我听到的东西；说我必须本能地把一切转换为新的精神，并把它装在我的内心里。对此，一个强有力的证明就是，我的作品《理查德·瓦格纳在拜罗伊特》在所有关于心理问题的关键地方，说的都是我自己——书中提到瓦格纳名字的地方，你都可以毫无顾忌地用我的名字或用查拉图斯特拉来代替。酒神颂歌式的艺术家的整体形象就是查拉图斯特拉的前作者的形象，用极深的颜色描绘，以免触及瓦格纳的真实性。对此，瓦格纳本人也理解，在这部作品中他识别不出自己了。同时，"拜罗伊特思想"已经转变成某些东西了，而这些东西对我的查拉图斯特拉的专家来说不是什么费解的概念：变成那个伟大的中午，那些最优秀的人为了全部使命中的最伟大的使命奉献自己——谁知道呢？这是我还要经历的一个节日的幻象……

开头几页的激情是世界历史性的；第7页中提到的目光就是查拉图斯特拉本来的目光；瓦格纳、拜罗伊特，这整个德国微小的可悲的事件只是一朵云彩，不过从这朵云彩中反映出未来无穷变幻的蜃楼。甚至从心理学上说，我本人性格中一切重要的特征都与瓦格纳相似——最光辉的和最危险的力量并存，从来没有人拥有的权力意志，学习肆无忌惮的精神勇气，具有无限的学习的力量，而行动的意志并不因此受到压抑。

这部作品中所描述的一切东西都是预言：希腊精神必将复苏，反对亚历山大的人必然出现，这些人把希腊文化已被砍断了的戈耳狄俄斯之结①重新联结起来。请倾听世界历史的声音吧，这声音引出了第30页关于"悲剧的思想"这个概念，在这部作品中充满着世界历史的声音。这是可能存在的最奇特的"客观性"：我是什么人，对此我有绝对的把握，这也会反射到任何一个偶然的现实中——关于我的真理，来自极其恐怖的深渊。在第71页，我以十足的信心描写并预言查拉图斯特拉的风格；对查拉图斯特拉事件的表达，对人类彻底的净化和奉献行为的表达，没有比第43~46页的表达更为精彩的了。

---

① 相传戈耳狄俄斯把车上的辕与轭用结系住，牢固至不能解，声称能解此结者，得以统治小亚细亚，此结后被亚历山大拔剑砍断。比喻用快刀斩乱麻的方法来解决难题。

不合时宜的考察

1

这四部《不合时宜的考察》绝对是充满战斗气息的。它们证明,我不是"做美梦的傻瓜",证明拔剑能使我感到愉快,也许还证明我具有十分巧妙的手腕。

第一部(1873年)攻击的对象是德国的教育,当时我就对此投以毫不留情的目光。因为这种教育没有意义、没有实质、没有目标,只有一种单纯的"公众意见"。如果认为德国在武器方面取得巨大的成功可证明这种教育有点优越性,或者证明他们战胜了法国,那么就没有比这种看法更为有害的误解了……

第二部《不合时宜的考察》（1874年）揭示了我们在科学活动范围里的危险性，以及侵蚀和毒害生命的东西：生命患上了非人体的齿轮传动装置和机械装置的毛病，患上了工人"非人格化"的毛病，患上了"劳动分工"这种伪经济学的毛病。目的——也就是文化——丢失了，手段——现代的科学活动——变得野蛮了。在这篇文章中，本世纪引以为豪的"历史意义"第一次被大家认为是病态的，被看成是衰败的典型标志。

第三部和第四部《不合时宜的考察》指导性地提出了更高的文化概念和重建文化的概念，提出了两个极端自私和自律的形象。他们是最好的不合时宜的类型，他们对周围的一切东西——"帝国""教育""基督教""俾斯麦"①"成功"，都采取极端蔑视的态度，他们就是叔本华和瓦格纳，或者用一个词表示：尼采……

2

在这四篇抨击文章中，要数第一篇最成功。它引起

---

① 俾斯麦（1815—1898）：普鲁士王国首相和德意志帝国宰相。

的大吵大嚷从哪个意义上来说都是引人注意的。我触摸到一个常胜民族的伤口——这个民族的胜利不是文化上的一件大事，也许是完全不同的另一件大事。反响来自四面八方，绝对不仅仅来自大卫·施特劳斯的老朋友。我曾经嘲弄他们是德国知识庸人的典型，简言之，我称他们为空谈"新旧信仰"的《福音书》作者（自从我的文章出现知识庸人一词后，这个词就在德语中保留下来了）。我毫不留情地讥讽他们为符腾堡人和士瓦本人，认为他们是怪物，认为他们的施特劳斯是可笑的，对此他们的回答既幼稚又粗俗，是我怎么都不想听到的。普鲁士的回答要聪明一些，他们的回答带有更多不可低估的"柏林蓝"①。最不正派的要算莱比锡的一家报纸了，即声名狼藉的《边境信使报》；说我费尽苦心稳住被激怒的巴塞尔人。

只有几位老先生由于复杂的，又有点无法说明的原因，绝对赞同我的意见。其中，哥廷根的埃瓦尔德②向我暗示，我的行为对施特劳斯是致命的。还有一位黑格尔

---
① 德国著名颜料。
② 埃瓦尔德（1803—1875）：德国学者。

学派的老学者布鲁诺·鲍威尔①，从那时起，他是最关注我的读者之一。在他晚年时，他喜欢提起我的名字，比如他提示普鲁士历史编纂学家冯·特赖奇克先生，被他遗忘了的"文化"的概念可以向谁请教。有关这篇论文及其作者的最有见解、最冗长的论文，是维尔茨堡的霍夫曼教授撰写的，他是哲学家冯·巴德尔的一位老门生。在这篇论文中，他预见了我的伟大使命——在导致危机和决定最后胜负的有关无神论的问题上，他猜中我是无神论方面最本能的和最毫无顾忌的典型人物。无神论把我引向叔本华那里。平时温和的卡尔·希勒布兰德②是最后一位宽厚的德国人，他善于运用笔杆，为我的著作写了一篇强有力的、大无畏的赞同文章，这篇文章被认为是最引人注目的、最辛辣的。在《奥格斯堡日报》上可以读到他这篇文章；今天，人们把这篇论文以比较谨慎的形式收录在他的文集里。在文集中，这篇论文被描述为大事件、转折点、第一个自我意识、最好的预兆，是德国人的严肃性和德国人的激情在精神事物中真正的

---

① 布鲁诺·鲍威尔（1809—1882）：德国唯心主义哲学家。
② 卡尔·希勒布兰德（1829—1884）：德国历史学家。

再现。希勒布兰德高度称赞这篇论文的形式、成熟的鉴赏力,以及在区分人物和事物方面完美的技巧,他称赞这篇论文是用德语写作的文章中最好的论战文章——这种论战艺术对德国人来说既危险,又有劝诫力。我大胆地论述语言在德国退化的问题,他予以绝对肯定,甚至要我更尖锐些(今天他们只会扮演纯语主义者,连造句都不会),他同样蔑视这个民族的"一流作家",他在文章的结尾表达了对我勇气的赞赏——那种"大无畏的勇气竟把一个民族的宠儿送上了被告席"……

这篇论文的影响在我的一生中简直是无法估量的。从那以后,没有人跟我争论了。人们沉默了,在德国,人们以忧郁而谨慎的态度对待我。

多年以来,我一直运用绝对的言论自由;今天,至少在"帝国"没有人有足够的言论自由。我的乐园"在我的宝剑的影子中"……实际上我运用了司汤达的一句座右铭:他劝告人们要以决斗的姿态走入社会,就像我选择我的对手一样!挑选了德国一流的自由思想家!

事实上,由此第一次表现了一种完全新型的自由思想。直到今天,没有什么比整个欧洲和美洲类型的自由思想家更使我感到陌生、更引起我的注目了。与他们交锋比与不可救药的平庸之辈和具有"现代观念"的可怜虫交锋还要困难，与他们中的任何一个对手交锋甚至使我处于更深的心理矛盾之中。他们也想按照自己的方式和形象来"改良"人类，他们反对我现在做的和我将要做的事情，他们要跟我打一场不可调和的战争，假如他们明白——他们全都相信"理想"……而我是第一个反道德论者。

3

我不想断言，《不合时宜的考察》中以叔本华和瓦格纳为标志的两篇论文，会特别有助于理解这两个人，或者也有助于理解他们两人的心理问题。

但是，也有个别的例外，比如，我早已以深刻而可靠的本能表明，瓦格纳本性中的基本素质乃是表演天才，而他的方法和目标都只是从这种天才中得出的结论。

从根本上来说，我希望通过这篇论文研究一些与心理学完全不同的东西——独一无二的教育问题；自律的新概念，坚不可摧的自卫的新概念；按照他第一次的说法，建立一条通向伟大和具有世界历史使命的道路。

大体上说，利用研究叔本华的机会，我在他那里选择两个著名的，但还完全没有确定的类型，以便表达某种东西，以便掌握更多的方式、词语、语言表达方法。这一点最后以十分巧妙的方式在《不合时宜的考察》第三篇的第93页上有提示。柏拉图也曾这样利用苏格拉底的名字，作为表达柏拉图的符号学。现在，我隔了一段时间回顾当时的心理状态（那篇论文就是那种心理状态的证据），我不想否认，那篇论文其实说的就是我。

《理查德·瓦格纳在拜罗伊特》这篇论文是我未来的幻景；相反，在《教育家叔本华》中，却记录了我内心深处的历史和我的成长，尤其是我的发誓！我今天干什么，我今天在哪里——我在高处，在那儿我不用语言说话，而用闪电说话——啊，当时我离那儿还多么遥远！但是，我看到了那块地方——我每时每刻都看到险途、大海、危险，还有成果！许下的诺言是淡泊宁静的心态、幸福地展望未来，展望未来不应只停留在希望上！在这里，每个词的内涵我都在心灵里深刻地体验过；它不乏创痛之感，这些字句里简直是充满血迹的。但是，一阵巨大的自由之风吹散了一切；创伤本身并没有成为异议而起作用。

我所理解的哲学家就是危及一切的、令人恐惧的炸药。我要把我下的"哲学家"的概念，与甚至包括康德在内的人下的"哲学家"的概念截然分开，更不用说那些学院派的"反刍动物"和其他哲学教授所下的概念了。

因此，这篇论文给人们的教诲是不可估量的，甚至得承认，在这里其实不是"教育家叔本华"，而是他的对立面"教育家尼采"赢得了发言的机会。鉴于我当时的职业是学者，或许也由于我熟知我的职业，突然出现在这篇论文中的有关学者心理的那个带涩味的段落不是没有意义的：它表达了距离感，表达了对我的使命、手段、插曲和附带事务的坚定信心。我的聪明、我的许多经历，以及我到过的许多地方，使我能够成为优秀的人，使我能够达到优秀。在一段时间里，我也肯定要成为学者。

人性的，太人性的

1

《人性的，太人性的》是一种危机的里程碑。它被称为一本为自由精神写的书：几乎每句话都表明一种胜利——随着胜利，我从不合乎我本性的东西中摆脱出来。理想主义对我来说是不合适的，这本书的标题说："你们看到的理想事物，在我看来却是——人性的，啊，太人性的！"对于人，我认识得更清楚……在这里，"自由的精神"一词只能理解为一种已经变成自由的精神，这种精神又牢牢地掌握住自己，除此之外，没有其他的意思。

这本书的语气、声调都完全改变了，人们会觉得这本书是充满智慧的、冷静的，有些地方也许是冷酷无情的、冷嘲热讽的。一种高雅的审美精神似乎总是不断地对抗来自地面上的一股更为强烈的潮流。这本书好像赶在1878年出版，正值伏尔泰①逝世一百周年纪念，从这种关联来说，似乎是不太合适的，但却是有意义的。因为伏尔泰与所有在他以后的作家相反，他首先是个精神贵族——正好我也是。伏尔泰的名字出现在我的一本著作上——这确是一种进步，我进步了。

如果你观察得更仔细一些，就会发现一个无情的人，他知道理想在当地各个角落的全部隐藏所，在那里，有它的堡垒和仿佛是最终的安全之地。大家手举着火炬，它放射出的完全不是闪烁不定的微光，而是刺眼的光芒，直射到理想的隐藏所。这就是战争，但这种战争没有火药，没有硝烟，没有好战的态度，没有激情和残肢断臂——这些东西本身大概还是"理想主义"。不动声色地把错误一个一个地搁置起来，理想没有被驳斥——它冻僵了……例如，"天才"在这里冻僵了；在另一个

---

① 伏尔泰（1694—1778）：法国启蒙思想家、作家、哲学家。

角落,"圣徒"冻僵了;在厚厚的冰柱下面,"英雄"冻僵了;最后,"信仰"冻僵了,所谓的"信念"还有"同情"都明显地冷却了——"自在之物"几乎在各个地方都冻僵了……

2

开始撰写这本书是在第一届拜罗伊特艺术节的那几周里;在那里,我对四周的环境十分陌生,这是我写这本书的先决条件之一。谁能理解我当时经过的路上掠过怎样的幻景,谁就能猜出当我有一天在拜罗伊特醒来时,我的心情有多么愉快。我完全就像在做梦……我到底在什么地方?我什么都认不出来了,我几乎认不出瓦格纳了。我在寻找我的记忆,但是白费气力,特里布申——一个遥远的幸运者之岛,没有一点相似的痕迹。

奠基典礼①那无与伦比的时光,这个小社团的成员在庆祝奠基典礼,人们不想触动这个小社团那敏感的事情:没有一点相似的地方。究竟出了什么事?瓦格纳被

---

① 拜罗伊特瓦格纳艺术节剧场的奠基典礼。

德国化了！瓦格纳的崇拜者已经胜过瓦格纳了！德国的艺术！德国的大师！德国的啤酒！……我们非常了解，瓦格纳艺术只面对完美的艺术家，只谈论审美的全球主义，当我们发现瓦格纳披上了德国"道德"的外衣时，都感到很气愤。

我认为，我熟悉瓦格纳派，我已"经历过"这样的三代人了，从那个把瓦格纳与黑格尔混为一谈的已故的布伦德尔①起，直到那些把瓦格纳与他们自己混为一谈的拜罗伊特新闻界的"理想主义者"——我听到过"美丽的心灵"对于瓦格纳的各种各样的表白。那是一个会说聪明话的王国！——其实，那是一个令人毛骨悚然的社交圈子！诺尔和波尔②，用漂亮话在胡说八道！其中不乏怪胎，更不缺少反犹太主义者。可怜的瓦格纳！他已经陷到什么地步？但愿他至少不要陷到猪猡那里去！但是他却跑到德国人那里去了！为了教诲后人，最后应该剥制一个真正的拜罗伊特人的标本，最好保存在精神里，因为这里缺乏的正是精神——并注明：人们建立"帝国"所

---

① 布伦德尔（1811—1868）：德国作曲家，瓦格纳的崇拜者。
② 诺尔、波尔：这两个人都是当时的音乐评论家。

靠的"英才"就是这样的……

够了,很突然,有位迷人的巴黎女子想安慰我,尽管如此,在此期间我还是外出了几周;我只是发了一封令人不愉快的电报向瓦格纳表示歉意。在波希米亚森林区一个隐藏在树林深处的名叫克林根布伦的地方,我的忧郁和对德国人的蔑视像疾病一样困扰着我——偶尔还在《犁头》这个总标题下,在我的小笔记上写下一句话,那纯粹是有力的心理学方面的话,这样的话也许在《人性的,太人性的》这本书中可以找到。

3

当时我做出的决定,不只是与瓦格纳决裂——我感到我的本性完全偏离了,由于本性的完全偏离产生了个别失误,这种失误不管叫瓦格纳也好,还是叫巴塞尔大学教授也好,都只是一种征兆,一种烦躁的情绪向我袭击;我领悟到,该是自我反省的最后时刻了。我突然惊醒过来,我已经浪费了多少时光,我整个语言学家的生活与我的使命相比,显得多么无用,多么专横。我对这种虚假的谦虚感到羞愧……十年过去了,我完全停止了精神营养的吸收,我没有再学到一点有用的东西,我忘记了积满灰尘的教学书堆里许多无用的东西。用一双视力极差的眼睛,十分严谨地在古希腊诗韵学家中探索——我就是这样走过来的!我身体消瘦,形容憔悴,顾影自怜,在我的知识范围内正好缺乏现实性,而"理想"只适合魔鬼的口味!

一种正在燃烧的热望侵袭着我,从那时开始,实际上我只从事生理学、医学和自然科学方面的工作,甚至只有当使命迫切地要求我时,我才重新回到原来的历史研究中来。当时,我也是首次猜测到违背本能而选择的工作(最终有职责从事的所谓的"职业")与那种通过一种麻醉术(比如通过瓦格纳的艺术)来麻醉空虚感和饥饿感的需要之间的那种关联。

经过仔细观察,我发现,大多数年轻人都有着相同的困扰:一个违反自然的行为会迫使另一个违反自然的行为产生。

在德国,说得准确一些,在"帝国",许多人注定要在不合适的时候做出决定,然后在不可推卸的重担下慢慢地衰弱下去。这些人需要瓦格纳就像需要鸦片一样，他们忘记了自己，他们暂时摆脱了自己……我说了些什么！说了五六个小时！

4

当时我的本能无情地决定反对更长时间的屈从，反对随波逐流，反对自我混淆。每一种生活方式、最不利的条件、疾病、贫困——我觉得一切都比那种不值得的"无私"要好。最初，我由于无知和年轻，而陷入无私之中。后来，我由于惰性，由于所谓的"责任感"，仍然停留在无私之中。

这时，从我父亲那里继承下来的那种可怕的遗传性（其实就是过早逝世的征兆）以我不太赞赏的方式及时地帮了我的忙。疾病慢慢地把我解脱出来：它使我避免了与他人绝交，使我避免了每个粗暴的和令人反感的行动。我当时没有失去友好，反而得到更多的友好。同时，疾病赋予我权利去完全改变我所有的习惯；疾病允许我忘却，要求我忘却；疾病把需要静卧、强迫休闲、强迫期待和容忍赠送给我……但是，所有这些都是思维！

我的眼睛就使我结束了书迷生活，用德语来说，就是结束了哲学——我从"书"中解脱出来了，我多年什么都不看了。这是我一直以来给自己的最大的恩惠！原来的自我仿佛被埋葬了，在不得不经常听从另一个自我（叫作阅读）的情况下，仿佛变得沉默了，现在又慢慢地、胆怯地、迟疑地觉醒了——但是，终于又说话了。

我一生从来没有像在体弱多病、痛苦不堪的时期那样幸福过。你只要读一读《曙光》或《漫游者和他的影子》，就会明白什么叫"回归到我自己"——自我康复的最高形式！其他的康复只是它的结果而已。

5

《人性的，太人性的》这本书是严格自律的纪念碑。借助这种自律，我果断地结束了我身上所有的"高级骗术""理想主义""美的感觉"。这本书的大纲是在苏莲托①写的,书的结论和最终的格式是在巴塞尔的冬天完成的,那时的境况大不如在苏莲托时。

其实,当时还在巴塞尔大学读书的彼得·加斯特先生帮了我大忙,他承担了这本书的责任。我头上缠着绷带,而且头疼,于是我口授,他记述,也做修改,他实际上是这本书真正的作家,而我只是作者而已。这本书终于完成了,并送到了我手里,我这个患重病的人对此深感惊讶,我在这时把书寄了出去,也寄了两本到拜罗伊特。

真是一种奇妙的巧合,就在同一时间,我也收到一本装帧精美的《帕西法尔》,书上有瓦格纳给我的题字:"他忠诚的朋友弗里德里希·尼采,教区委员会成员理查德·瓦格纳"。这两本书交替赠送,我似乎同时听到一种不祥的声音。这两种声音不是像两把剑在相交吗?无论如何,我们两个人都有这种感觉,因为我们两个人都沉默不语。在这个时候,拜罗伊特刊物第一辑出版了,我明白,为什么这是最后的时刻——难以置信!瓦格纳成了笃信的教徒……

---

① 意大利地名,位于那不勒斯海湾。

6

1876年，当时我自己认为，我以何等巨大的信心担负起我的使命和世界历史的使命，对此，这一整本书可以为证，尤其强调的地方更能证明。尽管我有欺诈的本能，我在这里还是回避用"我"这个字眼，这一次世界历史的光辉不是照射在叔本华或瓦格纳身上，而是照射在我的一个朋友，杰出的保尔·雷①博士身上——幸好，保尔·雷是个非常精细的人，不会上当受骗，其他人不那么精细。

在我的读者中，有令人失望的人，比如，在典型的德国教授中，我总是认为他们肯定自以为是地把上面提到的地方、把整本书理解为"高级的保尔·雷主义"。事实上，这本书同我朋友所说的五六句话相矛盾，人们可以查阅一下《道德的谱系》的前言。那里写着——

> 最勇敢和最冷静的思想家之一，《论道德情感之起源》一书的作者（参见尼采，第一个反道德论

---

① 保尔·雷（1849—1901）：德国心理学家。

者),以其对人类行为的深刻透彻的分析取得的主要结论是什么呢?"有道德的人并不比体格强壮的人更接近思维世界,因为思维世界是不存在的。"这句话在历史知识(参阅《重估一切价值》)的捶击下变得坚硬和锋利,也许在未来的某一年——1890年吧!——可以当斧头使用,用它可把人类"形而上学的需要"连根砍掉,这对人类更多的是祝福还是诅咒,谁能预言呢?但是,无论如何,这句话具有最显著的效果,它是有益的,同时又是可怕的,它以双重眼光观察世界,所有伟大的认识都具有这种眼光。

曙光
——论道德即是偏见

1

我的反道德战役始于这本书。这场战役没有丝毫的火药味,相反,如果你的嗅觉灵敏,就会闻到许多令人愉快的气味。这里没有枪声,也没有炮声,如果说这本书的效果是消极的,那么它使用的方法却不是这样,这些方法产生的效果像是结论,不像是炮声。

在同这本书告别时,要以胆怯而谨慎的态度对待那些在道德的名义下一向被尊重甚至被崇拜的东西,这同下述事实并不矛盾,即,在这本书中没有出现一个消极的词,没有抨击言论,也没有恶毒的话语。这本书像和煦的阳光，令人安详、愉快，像海兽在岩石间晒太阳一样。事实上，我本人就是这海兽。书中的每一个句子几乎都是从热那亚附近的岩石堆里想象出来的、挖出来的，我独自住在那里，还与大海窃窃私语。直到现在，每当我偶尔翻开这本书时，我觉得几乎每个句子都变成了钓钩，用这钓钩我又可以从深处钓出一些无与伦比的东西：它全身的皮肤随着这可怕的回忆而颤抖。

这本书在艺术方面超过其他的书，它能够把握那些往往静悄悄的、匆匆即逝的东西（我称之为神圣的壁虎）——不像那个年轻的希腊之神那样残酷，他干脆把那可怜的壁虎刺穿，但总是要用尖的东西来刺，用笔尖吧。"有这么多曙光还没有发光"——这句印度格言题在这本书的扉页上。这句格言的作者要在什么地方寻找那个新的早晨，寻找至今尚未被发现的作为一日之始的柔和的曙光呢？啊，那一连串的日子，那崭新日子的整个世界！要在重估一切价值中寻找，要在摆脱一切道德价值中寻找，要在肯定和相信一切迄今为止被禁止、被蔑视、被咒骂的东西中寻找。这本受到肯定的书把它的光、它的爱、它的温馨撒向坏东西，这本书把灵魂、良知、存在的高尚权利和特权又归还它们。道德没有受到攻击，没有人再去考虑它了。这本书以"或者？"做结尾——这是唯一用"或者？"做结尾的书。

2

我的使命就是为人类准备一个最高的反省时机，一个伟大的中午。那时，人类将瞻前顾后，将不受偶然性和教士的支配，将第一次把"什么原因""什么目的"这样的问题作为整体提出来——这种使命必然导致以下的认识：人类不会自动走在正确的道路上；人类绝对不受神的支配；人类正是在自己最神圣的价值概念的控制之下，否定的本能、腐朽的本能、颓废的本能受到了诱惑。所以，对我来说，道德价值的起源问题乃是首要的问题，因为这个问题决定了人类的未来。

人家要我们相信，一切事物完全掌握在好人手中；要我们相信《圣经》这本书通过神的支配和命运的智慧给人类以最后的慰藉。如果把《圣经》还原为现实性，那么就会发现与《圣经》里相反的意志和真理被扼杀了。也就是说，人类迄今为止是掌握在坏人手里的，是被那些失败者、狡黠的报复者、所谓的"圣者"（其实是诽谤者和害人虫）所控制的。教士（包括隐藏的教士，也就是哲学家）不仅控制特定的宗教团体，而且也控制其他地方；颓废道德，也就是没落意志，被视为本来的道德。

产生这些现象就是决定性的征兆，是绝对的价值，这种绝对价值处处有益于利他主义，同时又是敌意，而这种敌意处处对利己主义有益。凡是在这一点上与我意见不一致的人，我就认为他得了传染病。但是，全世界的人都与我意见不一致。对一个生理学家来说，这样一种价值矛盾是毫无疑问的。如果在有机体内有个最小的器官，哪怕稍微有一点功能减弱了，以至于不能十分安全地进行自我保存，精力得不到补充，"利己主义"也实行不了，那么整个有机体就会变坏。生理学家要求割除变坏的部分，他不同意各个器官与变坏的部分共存，他对变坏的部分毫不留情。但是教士却要使整体变质，也就是使整个人类变质，因此他要保留变坏的部分——为了支配人类他不惜代价。

如果那些骗人的概念，也就是道德的辅助概念，例如"灵魂""精神""自由意志""上帝"等不在心理上腐蚀人类，它们还有什么意义呢？如果一个人不重视自我保存，不增强体力（也就是生命的力量），如果一个人用贫血症来设计理想，用蔑视身体来"拯救灵魂"，那么这不是颓废的处方，又是什么呢？失去重点，抗拒自然的本能，总而言之，"无私"就是至今为止的道德。

我以《曙光》这本书，开始了反自我道德的斗争。

快乐的科学

《曙光》是一本肯定的书,深刻、敏锐而亲切,《快乐的科学》在极大的程度上也是如此。

书中几乎每一句话都巧妙地把深刻的思想和戏谑结合起来。有一首诗对我经历过的最奇妙的正月表达了感激之情——这整本书都是正月送给我的礼物——这首诗充分地显示了"科学"是出于多么深奥的思想而变得快乐的:

用你火热的长枪,

融解我灵魂里的寒冰;

灵魂呼啸着,

奔向最伟大的希望之海；

比以往更加光明，更加健康，

自由存在于最深情的必然性中，

灵魂赞扬你的奇迹，

最美丽的正月！

谁如果看到《查拉图斯特拉如是说》第四部分结尾的头一句话散发出的钻石般的光辉，那么他还会对这里所说的"最伟大的希望"的含义抱有怀疑吗？或者，谁如果读到第三部分结尾的那些像花岗岩般的句子（这些句子第一次以简明的表达形式来理解一切时代的命运），那么他还会对这里所说的"最伟大的希望"的含义抱有怀疑吗？

《福格尔夫莱王子之歌》绝大部分是在西西里岛写的，这些诗强烈地使人想起普罗旺斯语"gaya scienza"①的概念，想起歌手、骑士和自由精神的统一，这种统一使普罗旺斯人那种灿烂的早期文化比所有模棱两可的文

---

① 意为："快乐的科学"。

化更为突出；尤其是最后一首诗《致米斯特拉尔①》，这是一首兴高采烈的舞曲，恕我直言，在这首诗歌中，道德被置之不顾，这是完完全全的普罗旺斯主义。

---

① 米斯特拉尔（1830—1914）：法国普罗旺斯语诗人。

查拉图斯特拉如是说
——一本为所有人,也不为任何人写的书

1

我现在讲述查拉图斯特拉的故事。

这本书的基本观点是永恒轮回思想,也就是可达到的最高的肯定方式。这种思想是在1881年8月产生的,我把它写在一张纸上,并题了词:"高于人类和时间6000英尺"。那一天我在西尔瓦波拉纳湖滨①的林中漫步,走到离苏尔莱②不远的地方,那里耸立着一块巨大而雄伟的岩石,我在那儿停下脚步。这时,这一思想在我脑海中

---

① 在瑞士境内。
② 在西尔瓦波拉纳湖东南部。

不禁冒了出来。回想起几个月前的那一天，作为预兆，我感觉到，我的审美产生了一个突然的、极其深刻的决定性变化，特别是在音乐方面。也许整个查拉图斯特拉都可以视为音乐——无疑，其先决条件就是能够听出艺术的再生。

1881年春，我在离维琴察不远的一个小规模的山区疗养胜地雷科阿罗①度过。在那里，我与我的朋友，音乐大师彼得·加斯特（同样是一位"再生者"）在一起，当时我发现，音乐凤凰披着前所未有的轻飘而灿烂的羽毛，从我们身旁飞过。如果从那天算起，算到1883年2月在难以想象的情况下突然停下为止（书的最后部分，同样也是我在序言中引用了几句话的那一部分，完稿的神圣时刻，正是理查德·瓦格纳在威尼斯逝世的时刻），这本书"怀胎"18个月。正是18个月这样的数字使我产生这样的想法（至少佛教徒是这样认为的）：我本来是一头母象。这期间我在撰写《快乐的科学》，这本书有上百种迹象接近无与伦比的东西，最终它促使了查拉图斯特拉本人的出现，第四部分倒数第二段表现了查拉图

---

① 意大利威尼斯西部小镇。

斯特拉的基本思想。同时,《生命颂》(用于混声合唱和乐团)也是在这期间创作的,E.W. 弗利茨两年前在莱比锡出版了《生命颂》的总谱,它也许显示出我在这一年的精神状态方面不无意义的征兆。

那时候,我心里充满着非常特殊的、肯定的激情,我把这种激情称为悲剧激情。将来总有一天,人们会唱着这支歌来纪念我。因为这方面有些误传,所以我要强调一下,歌词不是我写的,而是出自一位年轻的俄国女子的惊人的灵感,这位俄国女子就是露·冯·莎乐美小姐,当时我和她是朋友。凡是能够从这首诗歌的最后几句歌词中悟出某些含义的人,就会猜到我为什么会喜欢和赞赏它,因为这最后几句歌词包含着伟大。不能把痛苦视为对生命的反对:"你再不把剩下的幸福给我,那好!你还会有痛苦。"也许我的音乐在此处也是伟大的。(双簧管的最后一个音符是升C,不是C,此处乃印刷错误。)

第二年冬天,我是在离热那亚不远的幽雅而宁静的拉帕洛海湾度过的,这个海湾在基亚瓦里和波尔多弗诺海角之间伸入陆地。当时,我的健康状况不是最佳;这个冬天寒冷多雨；小旅馆就在海边，以至于大海的涛声使我夜里无法入睡。这个小旅店提供的一切几乎都是和愿望相反的。尽管如此，这年冬天，我的《查拉图斯特拉如是说》在这不利的环境中诞生了，这几乎证明了我的话：一切决定性的东西都是从对抗中产生的。每天上午，我朝着南方，向着通往佐阿利的风景宜人的大街走去，登上高坡，穿过树林，远眺大海；每天下午，只要健康状况许可，我经常会沿着从圣玛格丽塔利古雷到波尔多弗诺的整个海湾漫步。这个地方及其风景，由于深受那个令人难忘的德意志皇帝弗里德里希三世的喜爱，也就越来越接近我的心田。1886年秋天，当弗里德里希三世最后一次访问这个小小的、已被遗忘的欢乐世界时，我碰巧再度来到这里的海滨。就是在这两条路上，我想出了整个查拉图斯特拉的雏形，首先查拉图斯特拉本身就是典型，更确切地说，他向我袭来。

2

要理解这种典型，首先必须弄清他的生理条件，那就是我所说的非常健康。对于这个概念，没有比我自己在《快乐的科学》第五部分结束语中说明得更清楚、更典型的了："我们这些新人、没有名气的人、难以理解的人"——也就是说，"我们是尚未被证明有前途的早产儿，我们为了新的目标也需要新的手段，也就是需要新的健康，要比以往更强壮、更精明、更坚强、更勇敢、更快乐。一个人在内心里渴求经历至今为止的全部价值和愿望，并想绕过这理想主义的'地中海'的各个口岸航行；一个人想从自身冒险的经历中知道一个理想的征服者和发现者是怎样的心情，并想知道一个艺术家、圣徒、立法者、贤人、学者、虔诚的信徒、老式的神圣而古怪的人是怎样的心情，为此他首先必须非常健康——他不仅要拥有这种健康，而且还必须在目前和在未来不断地保持这种健康，因为他在目前和在未来都必然要付出健康。

如今，我们已经在这条路上走了很久，我们这些理想的追寻者，也许勇敢多于智慧，不时可能触礁翻船，遭受损害。但是，如我所说，我们比别人所想象的更为健康，受到损害的健康，又恢复了健康。我们觉得，为了报答健康，我们面前似乎还有一片尚未被发现的陆地，它无边无际，望不到头，它是至今为止所有理想陆地和理想海角的彼岸，它是充满美丽、奇异、疑惑、恐惧和神圣的世界，以至于我们的好奇心和占有欲达到无法自制的地步——啊，再也没有任何东西能满足我们的欲望了！

具有这样的前景，并怀着对知识和良知的热望，我们怎能对当今的人感到满意呢？这种情况已经很糟糕了，但还有更甚者，有无法避免的事，那就是我们不能真正以严肃的态度正视人类最庄严的目标和希望，也许对此还不屑一顾。另外一个理想出现在我们面前，这是一个奇特的、尝试性的、危险重重的理想，我们不想劝说任何人去追求这种理想，因为我们不会这么轻易地把这种理想的权利给予任何人。它只是某一种人的理想，这种人天真地（也就是说不情愿地），并且由于精力旺盛和强大而去玩弄那些一向被视为圣洁、善良、不可接触和神圣的东西；对这种人而言，民众借以公平地确定价值标准的最高的东西，就已经意味着危险、衰落、卑贱，或者至少意味着养神、盲目、暂时忘我；这是一种人性而又超人性的幸福和善意的理想，这种理想常常以非人性的形式出现，比如当它把至今为止人间的一切艰辛，把至今为止在举止、言语、声音、目光、道德和使命的庄严性看成它们最真实的、非自愿的讽刺剧时——尽管如此，随着这种理想的出现，也许伟大的严肃性才开始，本来的疑问才产生，心灵的命运在转变，时针转动，悲剧开始了。"

3

十九世纪末，有谁能够给诗人们所指的强大时代的灵感下个明确的概念呢？无论如何，我想描述一下。

事实上，如果一个人身上还带有一点点残留的迷信，他就几乎不可能拒绝人只是巨大力量的化身、口舌、媒介这些概念。启示这个概念，其含义就是，突然间我们可以非常可靠精确地看到和听到一些能深刻震撼和推翻一个整体的东西，这个概念描写的就是实情。

我们听到了，但不去寻找；我们拿到了，但不问是谁给的。一种思想就像闪电一样发光，是必然的，毫不迟疑的——我从来没有选择过。一阵欣喜若狂，狂喜无比造成紧张的情绪，有时使人热泪盈眶，步伐随着紧张心情不由自主地时而快速，时而缓慢；完全失去自我控制而清楚地感觉到浑身上下剧烈的战栗；这时感到一种莫大的幸福，这种幸福和最大的痛苦及最深的忧郁都不是对立面了，而是具有制约性、挑战性，而是光谱中必不可少的色彩、一种韵律关系的本能，这种本能跨越公式的广阔的空间——长度，也就是根据一种长跨度韵律的需求，几乎是灵感力量的标准，一种对抗其压力和张力的平衡力。一切都是在最高程度中无意发生的，但如同在一场自由感、绝对性、权力和神圣的风暴中发生的一样。

形象和比喻的无意识是最奇特的，什么是形象，什么是比喻，人们已没有什么概念了，一切东西都是以最接近的、最正确的、最简单的表达形式出现的。我想起查拉图斯特拉的一句话，真的好像事物自己向前走来，表示愿意作为比喻（"这里，万物都来亲切地与你说话，并恭维你，因为它们想骑在你的背上奔跑。在这里，你用任何一个比喻都可以达到每一个真理；在这里，所有存在的言语和文字宝藏都展现在你的面前；在这里，一切存在都要变成言语，一切转变都要向你学习说话")。

这是我在灵感方面的经验，我毫不怀疑，人们要回到几千年前去才能找到那个有权利对我说下述这句话的人："这也是我的经验。"

4

后来，我生病，在热那亚躺了几个星期。接着，在罗马度过了一个沉闷的春天，我在那里消耗我的生命——真不容易。罗马这个地方不是我自愿选择的，从根本上来说，这个地方对查拉图斯特拉的作者而言是地球上最不适宜的地方，它极大地败坏了我的情绪。我试图离开——我想去阿奎拉①，这个地方与罗马的概念完全不同，它是出于对罗马的敌意而建造的，正如有一天我也要建造一个地方，用以纪念一位无神论者和高尚的反教会者，一位我的近亲，伟大的霍亨斯陶芬皇帝弗里德里

---

① 位于瑞士境内的阿尔卑斯山下。

希二世。但是，厄运临头：我必须返回罗马。为寻找一个反基督教的地点我做了努力，我疲劳不堪，最后，巴贝里尼广场使我感到满意。有一次，为了尽量避开难闻的气味，我甚至在奎里纳尔宫打听过，我担心他们不能给一位哲学家住一间安静的房间。巴贝里尼广场上建有一个凉廊，从这里可以眺望罗马城，可以倾听脚下广场喷水池的哗哗声。在这凉廊上，我作了一首诗，这是我所作过的最寂寞的诗："夜之歌"。这时，总是有一种无法形容的忧郁的调子萦绕在我的耳旁，歌词的叠句我选用了这样的话："永生前夕的死亡"。

夏天，我回到了查拉图斯特拉的思想曾经像第一道闪电照亮我心头的那个神圣的地方，在那里我发现了查拉图斯特拉的第二部分。只用十天时间就够了。不管是第一部分、第三部分，还是最后一部分，我都没有多花时间。第二年冬天，在尼斯，晴朗的天空第一次照亮了我的生活，当时我发现了查拉图斯特拉的第三部分，并且完稿了。写完全书所花时间不到一年。尼斯地区许多隐蔽的地段和山岗给我留下了难忘的时光。标题为《老牌子和新牌子》①的重要章节，是从车站艰难攀登到摩尔人居住的奇妙的山崖城堡埃兹的途中写成的。

当我的创造力奔放时，我的肌肉总是最发达的。身体充满激情，我们也不管什么"灵魂"了。人们经常可以看见我手舞足蹈；我当时爬山七八个小时还不懂得什么叫疲劳。我睡得好，笑得多，精力十分充沛，忍让宽容。

5

除了这十天写作之外，在创作《查拉图斯特拉如是说》的那几年中，尤其是成书以后的几年，是非常艰难的时期。一个人要成为不朽，就要付出昂贵的代价：在世时要为此死几回。有些东西我称它为伟大的复仇欲望：任何伟大的事情，不论是一部著作还是一个事业，一旦完成之后，做这件事的人就会立即遭到反对。正因为他干了事业，现在他变弱了——他无法忍受自己的事业了，他不能正视自己的事业了。人们从来不敢期望的某

---
① 《查拉图斯特拉如是说》第三部分第十二章。

些事情一旦完成了，关系到人类命运症结的某些事情一旦完成了，现在就轮到反对你了！几乎给压得喘不过气了，伟大的复仇欲望！

另外就是四周都笼罩着可怕的寂静。寂寞，重重的寂寞，什么东西都穿透不过。你走到人群中，你问候朋友，这是新的荒野，没有人投以问候的目光。在最好的情况下，会做出一种反对的方式。我经历过几乎每个站在我近旁的人不同程度地表现出那种反对的方式；似乎没有什么东西比突然间使人感到人与人之间的隔阂更伤人了——得不到尊敬就不能生活下去的那种高贵者很少。

第三件事，皮肤对小针会产生绝对的敏感性，这是对所有小事束手无策的一种形式。我觉得这是极大消耗了所有抵抗力造成的，一切创造性的行动，以及从自身内心最深处发出的每个行动都是这种消耗的先决条件。因此，稍有一点抵抗力停止作用，就得不到新的力量了。我还敢暗示，人们的消化会越来越差，不愿意运动，容易感到寒冷，容易产生猜疑——怀疑在许多情况下只是病原学上处置不当的问题。

在这样的情况下，由于温和与人道思想的回归，有一次我感到接近了畜群,在我看到畜群之前,畜群具有了内在的温情。

6

这本书绝对是独特的。我们不要去理会诗人,也许从来就没有过这样丰富有力的作品。在这本书中,我的"狄俄尼索斯"概念成了最伟大的事业;以它来衡量,人类所有的其他事业都显得贫乏和有限。在这种激情中和高峰上,歌德和莎士比亚也许都喘不过气来,但丁[①]与查拉图斯特拉相比,只不过是一个信仰者,而不是一个首先创造真理的人,不是支配世界的人,不是命运——编纂《吠陀》[②]的诗人只能算是教士,甚至连给查拉图斯特拉脱鞋的资格都没有,所有这一切都是微不足道的,它们没有距离感,也没有清静的孤独感,却正是这本著作的生命之所在。

查拉图斯特拉永远有权利这样说:"我在我的四周

[①] 但丁(1265—1321):意大利文艺复兴时期的诗人。
[②] 印度最古老的宗教文献和文学作品的总称。

画一个圈子，并设定神圣的界限；越来越少的人能同我一起登上越来越高的山——我用越来越神圣的高山建造一个山脉。"我估计，把一切伟大心灵的精神和善良合在一起，也抵不上查拉图斯特拉说出的一句妙语。他上下的梯子是无限长的；他比任何人都看得远，想得深，懂得多。这位全人类最善于肯定的人，他说的每一句话都自相矛盾；在他心里所有的矛盾都达到新的统一。人性中最高尚的和最卑劣的力量，最甜蜜的东西，最轻率的东西和最可怕的东西，都从一个源泉中永远不息地涌流出来。在这之前，没有人知道什么是高尚的，什么是深奥的，更没有人知道什么是真理。就是最伟大的人也没有猜想到，已经有人预言了，什么时候会揭示真理。这个真理在查拉图斯特拉之前，谈不上智慧，谈不上研究心灵，谈不上艺术；最熟悉的、最平常的东西，在这儿道出了闻所未闻的事情。激情使警句颤动；雄辩变成了音乐；闪电向至今为止尚无人知晓的未来射出亮光。至今为止最大的象征力，与语言回归形象的本质相比，显得贫乏和微不足道。

请看查拉图斯特拉是怎样从山上走下来的！他是

怎样向每个人说些最亲切友好的话语！他甚至是怎样用温柔的双手握住他的敌人——传教士的手，又是怎样与他们一起为他们而苦恼！在这里，人时时刻刻都是可战胜的，"超人"这个概念在这里变成了最大的现实，一向在人类中被称为伟大的一切东西也在那非常遥远的地方。平静的性情、轻快的步伐、普遍存在的恶毒和放纵，以及一切对查拉图斯特拉这类人来说是典型的东西，所有这些从来没有人梦想过的东西本质上是伟大的。查拉图斯特拉正是在这个空间范围内，在与敌手的接触中，感觉到自己是万物之中最高的形式；当你听到他是怎样给最高的形式下定义时，你就不会去寻找与他较量的人了。

> 心灵拥有最长的梯子，
> 能往下走到最深处；
> 心灵无比宽广，
> 能在其中任意驰骋，奔跑，漫游；
> 心灵有着最大的必然性，
> 带着快乐陷入偶然性；

存在的心灵,它意欲变化,

拥有的心灵,它意欲需要和要求;

逃脱自身的心灵,

在最遥远的圆圈跑道上赶上了自己;

最有智慧的心灵,

愚者用最甜蜜的话语劝说它;

最自爱的心灵,

万物都在其中退潮涨潮,奔腾不息。

但是这就是狄俄尼索斯本身的概念。另外一种考虑也会产生同样的观念。查拉图斯特拉这类型的人的心理学上的问题在于:如果一个人对人们向来肯定的一切东西予以坚决的否定,并且决不执行,他怎么可能与一个否定者相对立呢!如果一个人肩负着命运的重担和危险的使命,他怎么可能是最轻松的和最超然的人呢!查拉图斯特拉是一位舞蹈家——如果一个人对现实具有最严厉的、最敏锐的洞察力,如果一个人具有"最深刻的思想",他在现实中怎么会找不到对生存的反对意见,对生命永恒轮回的反对意见呢!更确切地说,还有一个理由，对一切事物本身采取永恒的肯定，"无限的肯定和祝福"，"我还要把我拥有的肯定带到所有的深渊"……重复一遍，但这就是狄俄尼索斯的概念。

7

这样一种人，当他在自言自语时，会用什么语言呢？用狂热的诗歌语言。我就是这种狂热的诗歌语言的发明者。请听，查拉图斯特拉在《日出之前》[①]是怎样自言自语的：这样一种如同拥有绿宝石般的幸福，这样一种神圣的温柔，在我之前还没有人说得出来。连这位狄俄尼索斯深深的叹息也成了狂热的诗歌。我举《夜之歌》[②]这不朽之声为例，由于丰富的光和力，由于太阳的本质，就注定了它的存在，注定了不得去爱——

> 夜已降临：现在全部的喷泉都在更大声地说话，而我的心灵也是一口喷泉。

---

① 《查拉图斯特拉如是说》第三部分第四章标题。
② 《查拉图斯特拉如是说》第二部分第九章标题。

夜已降临：现在一切爱者的歌声才响起，而我的心灵也是一位爱者的歌。

我心中有一种不平静的、不能平静的东西，它要变得响亮起来。我心中有一种对爱的渴望，它诉说着爱的言语。

我是光：啊，如果我是黑夜就好了！但是，我被光包围着，这正是我的孤独。

啊，如果我是黑暗和黑夜就好了！我多么想汲取光的源泉！

我还要祝福你们，你们这些闪烁的小星斗和空中的萤火虫！得到你们赠予的光，我感到幸福。

但是，我生活在自己的光之中，我要把我身上折射出去的光焰吮吸回来。

我不知道索取者的幸福，我常常梦想，窃取肯定比索取更快乐。

我的手不停地赠予，这是我的贫穷；我看见期待的目光和被照亮的渴望之夜，这是我的嫉妒。

啊，一切给予者的不幸！啊，我的太阳变得昏暗！啊，对欲望的渴求！啊，饱食中的异常饥饿！

他们向我索取，但是我触到他们的心灵了吗？在给予和索取之间有一道鸿沟，最终要在最狭窄的地方上面架桥。

在我的完美之中产生一种欲望：我想让我所照亮的人感到痛苦，我想抢劫我所赠予的人——所以我渴求恶毒。

如果有人把手伸向我，我就把手缩回来，就像瀑布一样，它在飞流直下时还犹豫了一下——所以我渴求恶毒。

我的富裕想起了这样的复仇，这样的险恶从我的孤独中冒出。

我从给予中得到的幸福，又在给予中消失，我的道德因其过剩而对它自己感到厌倦！

谁不停地给予，谁就有失去羞耻的危险；谁不停地分配，谁的手和心就会由于单纯的分配而起老茧。

我的眼睛不再为乞求者的羞耻而落泪；我的手变得又厚又硬，感觉不到索取者的双手在颤动。

我眼中的泪水和我心中的柔软到哪里去了？

啊,所有给予者的寂寞!啊,所有发光者的沉默!

许多太阳环行在荒凉的地带,它们用自己的光芒对黑暗的万物说话,而对我却沉默不语。

啊,这是光对发光者的敌视,光毫不留情地改变自己的轨道。

在内心深处不能公正地对待发光者,对太阳冷漠——每个太阳只好都这么运行。

许多太阳就像风暴一样在自己的轨道上飞行,这就是它们的运行。太阳遵循着自己的无情的意志,这就是太阳的冷酷。

啊,你们这些黑暗和黑夜,只有你们才能从发光者那里获取热量!啊,只有你们才能从光源中吸取乳汁和养料!

啊,我的周围都是冰,我的手在冰上冻伤了!啊,我的心中充满着渴望,渴望着你们的企盼。

夜已降临:啊,我必须是光!渴望着黑夜!渴望着孤独!

夜已降临:现在我的要求像喷泉般从我心里涌出,要求我说话。

夜已降临：现在全部的喷泉都在更大声地说话，而我的心灵也是一口喷泉。

夜已降临：现在一切爱者的歌声才响起，而我的心灵也是一位爱者的歌。①

8

从来没有人撰写过这样的东西，从来没有人感觉过这样的东西，从来没有人遭遇过这样的东西，只有一个神，即狄俄尼索斯有这样的遭遇。阿里阿德涅②也许是对太阳在光中的孤独做过这样狂热赞美的回答。除了我，谁知道阿里阿德涅是什么人！直到现在，没有人能解答所有这些谜，我怀疑，过去有人在这方面看到的也只是谜。查拉图斯特拉曾经严格地确定了自己的使命——这也是我的使命。人们不要误解它的意义，他肯定会进行辩护，直到摆脱所有过去的事情——

---

① 《查拉图斯特拉如是说》第二部分第九章。
② 希腊神话中克里特王米诺斯之女，与忒修斯相爱，并帮他逃出迷宫。

我漫步在人类未来的片断中:我遥望那个未来。

我搜集那些片断、谜和可怕的偶然性,并写成诗,这就是我所有的诗和追求。

如果人不是诗人,也不是解谜者和偶然性的拯救者,我怎么能忍受做人呢?

拯救过去,把一切"过去的"改变为"我要这样!",这对于我来说才是拯救。①

在文章的另一段,他极其严格地说明,"人"对于他本人来说到底是什么——不是爱的对象,也不是怜悯的对象。查拉图斯特拉也已经克服了对人的巨大的厌恶,在他看来,人是怪物,是材料,是需要雕塑者雕刻的丑陋的石头——

不再要求,不再评价,不再创造:啊,这种巨大的厌倦情绪任何时候都远离我!

在认识中,我只感觉到我具有创造和发展的欲

---

① 《查拉图斯特拉如是说》第二部分第二十章。

望的意志；如果我的认识是纯真的，就会是这样，因为创造的意志在认识中。

这种意志引诱我离开上帝和神：如果有神存在，还要创造什么呢？

但是，我炽热的创造意志总是促使我重新面向人类，就像驱使锤子敲打石头一样。

啊，你们这些人，在石头中为我藏着一个形象，许多形象中的一个！啊，肯定藏在最坚硬、最丑陋的石头中！

现在我的锤子无情地锤打它的牢房。碎片从石头上飞向四方，这对我无所谓！

我要完成我的意志，因为有个影子向我走来——这个万物中最安静和最轻快者曾经向我走来！

超人的美丽形象像个影子向我走来：神与我有何相干！[①]

我强调最后一个观点：上文斜体的部分在这方面讲明了理由。锤子的坚硬、以十分重要的方式在毁灭上取

---

① 《查拉图斯特拉如是说》第二部分第二章。

得的快乐,这对于狄俄尼索斯的使命来说是先决条件的一部分。

"你们要坚强!"这个命令式以及这个起码的信念说明:所有创造者都是坚强的。这就是狄俄尼索斯本质的本来特征。

善恶的彼岸
——未来哲学的序曲

1

尽可能严格地勾勒出今后几年的任务的轮廓。我的任务中肯定的部分已经完成了，现在轮到否定的部分了（言语否定和行动否定）：重估至今为止的一切价值，这是一场伟大的战争——唤起那决定性的一天。这里包括慢慢地环顾四周去寻找亲朋，寻找那些具有力量并有助于我进行毁灭工作的人。

从那时起，我的所有著作都是钓钩；也许我像某人一样擅长钓鱼？如果钓不到鱼，那不是我的过错。那是没有鱼可钓。

2

从所有重要的方面来说，这本书（1886年）是对现代的批判，包括现代的科学、现代的艺术，甚至现代的政治，同时指出一种相反类型的人（这种人尽可能少一点现代的东西）、一种高贵类型的人、一种肯定类型的人。从后一种意义来说，书本是上等人的读物，这个概念比以往所认为的更有智慧，更加极端。一个人要忍得住这个概念，身上必须具有勇气，必须不懂得什么是恐惧，这个时代引以为豪的一切事物，都被认为是与上述类型的人相矛盾的，几乎都是卑劣的东西。比如，著名的"客观性"，"对所有受苦人的同情"，具有对他人的审美顶礼膜拜和对无价值的东西卑躬屈膝的所谓"历史意义"，还有"科学性"。

如果你考虑一下，这本书是在《查拉图斯特拉如是说》之后写的，你也许会猜到，这本书的产生要归功于饮食的管理了。由于必须看远处，眼睛也习惯了远视——查拉图斯特拉比沙皇更远视了——在这里就不得不敏锐地去理解最近的事物、时代和我们所处的环境。

在所有章节中，尤其在形式上，人们将会发现同样的能任意背离那些可能产生查拉图斯特拉式人物的本质的东西。形式上的精练，目的上的完美，沉默艺术的精美，这些是很重要的，我以故意的冷酷无情来对待心理问题——这本书缺少任何一个温和的字眼。一切都恢复了，最终谁能猜到，撰写像《查拉图斯特拉如是说》那样的书所消耗的精力和体力需要怎样的休整呢？从神学上来说——请注意，因为我很少以神学家的身份说话——上帝自己在一天工作结束后，像蛇那样蜷曲在知识的大树之下，这样，他就不再是上帝了。他把万物造得太完美了，魔鬼只是上帝在每个第七天懒惰时的产物。

道德的谱系
——一篇论战的文章

构成这个谱系的三篇论文,从表达方式、意图和意想不到的技巧来说,也许是至今为止我所写过的东西中最令人畏惧的。你们知道,狄俄尼索斯也是黑暗之神。每篇文章的开头,都可以把人引入迷途,开头都是沉着的、科学的,甚至是嘲弄的、故意引人注目的、有意拖延的。渐渐地变得不平静;不时划过一道闪电;令人不愉快的真理从远方而来,夹杂着沉闷的隆隆声,声音越来越大,到了后来,达到了高速度,一切都被巨大的力量推动向前。最后,每次在十分可怕的霹雳声中,透过浓浓的乌云可见到一个新的真理。

第一篇论文的真理是基督教的心理学:基督教源于

仇恨的心理，不像有人认为的那样，源于"精神"——其本质是一种相反的运动，一种反对高贵价值的统治的大暴动。

第二篇论文是良心的心理学：它同样也不像有人认为的那样，是"人心中的上帝的声音"——它是一种残酷的本能，当这种本能无法向外发泄时，就转向后退。在这里，第一次揭示了残酷是最古老的和最不可缺少的文化基础之一。

第三篇论文回答了下面的问题：苦行主义的理想、教士的理想的巨大势力是从哪里来的，尽管这种理想是有害的，是毁灭意志的，是一种颓废的理想。回答：不像有人认为的那样，是因为上帝在教士的背后活动，而是因为没有比想要的更好的东西，因为至今为止它是唯一的理想，因为它没有竞争对手。"因为人类宁可期望虚无缥缈的东西，也比没有期望要好。"尤其是在查拉图斯特拉的思想出现之前，缺少一个相反的理想。

你们已经明白了我的意思。一个心理学家为了重估一切价值准备了三篇决定性的论文。这本书首次包括了教士的心理状态。

偶像的黄昏
——怎样用锤子探讨哲学

1

这本还不到150页的书,令人轻松愉快,可语气上充满灾难性,像恶魔在嘲笑。这本书是在很短的几天时间内写成的,时间之短叫我不想说出具体的天数。这本书在许多书中是个例外:没有哪一本书比它更具有实质性的内容,更具有独立性,更具有摧毁性——更具有恶意。如果你想粗略了解在我之前万物是怎样颠倒的,那就从这本书读起。本书扉页上所说的偶像,简单地说就是迄今为止被称为真理的东西。偶像的黄昏——用德语来说就是:旧的真理临近结束。

2

在这本书中,没有任何现实性和"理想性"不被提及(提及:多么谨慎、婉转的表达!……)。不仅提及那些永恒的偶像,而且也提及那些最年轻的,因此也是最衰老的偶像,比如"现代观念"。

一阵强风吹过树林,处处有果子——真理——掉落下来。这些浪费大丰收的秋天的果实,你行走时被满地的真理绊倒,你甚至踩死了几个真理——因为真理太多了。

但是,你抓到手的那些东西是不用怀疑的,那是决定性的东西。只有我才掌握衡量真理的标准,只有我才能判定。好像在我心里产生了第二意识,好像我心中的"意志"点亮了一盏灯,灯光照耀着它自己至今为止走过的斜路。所谓斜路,人们称之为通往"真理"之路。所有"模糊的追求"都结束了,善良的人至少正在意识到正确的路。严肃地说,在我之前,没有人知道正确的路,向上的路。从我开始,才又有了希望、使命和遵循文化的道路——我是文化的快乐使者。正因此,我也是命运。

3

在我完成上述提到的那本著作后,我连一天也没耽搁就开始从事重估一切价值的非凡工作。我满怀无比的自豪感,时时刻刻确信我的不朽;怀着对命运的自信,把一个个词语打到打字机上。

前言部分于1888年9月3日写完,那天清晨写好后我走到户外,眼前展现了上恩加丁山给予我的最美好的一天——万里晴空,色彩缤纷,北国冰雪与南国温煦融为一体,包罗万象。由于洪水的阻碍,我于9月20日才离开锡尔斯-玛利亚。因此,最后我成了这个美妙之地绝对唯一的客人,由于我的感激,这个地方的名字变得万古不朽。

在经历了一段发生了意外事件(我深夜到达科莫[①]时,甚至还遇到让人有生命危险的洪水)的旅行之后,我于9月21日下午抵达都灵,这个被证明非常适合我的地方,从那以后成了我的定居地。我又住进了春天住过的同一个寓所里,即卡尔洛·阿尔贝托大街6号3楼,对面

---
① 意大利地名。

是雄伟壮观的卡里尼亚诺宫，维托里奥·埃马努埃莱①就出生在这里。从寓所可望到卡尔洛·阿尔贝托广场，越过广场可远眺丘陵地带。

我不敢有片刻松懈，毫不犹豫地又投入工作，全书只剩下最后四分之一尚未完成。9月30日，取得伟大的胜利，《重估一切价值》完稿了，我像上帝一样沿着波河漫步。同一天，我还写完了《偶像的黄昏》的序言，我在9月份校对书稿就是休息。我从来没有经历过一个这样的秋天，也从来没有想到能完成这样的奇迹。克劳德·洛兰②的一幅风景画，令人浮想联翩，漫无边际，每天都是无限的美好。

---

① 意大利统一后的第一任国王。
② 克劳德·洛兰（1604—1682）：法国浪漫派画家。

瓦格纳事件
——一个音乐家的问题

1

为了正确地评价这篇文章,就必须为音乐的命运担忧,就像对不愈合的伤口感到苦恼一样。如果我为音乐的命运担忧,那么我对什么感到苦恼呢?我的苦恼在于,音乐已失去了美化世界和肯定的特性——它已成为颓废的音乐,不再是狄俄尼索斯的笛子了。但是,如果一个人觉得音乐的事业就像他自己的事业,就像他自己的苦难史,那么他就会发现这篇文章非常温和、考虑周到。在这种情况下,愉快和善意地嘲弄(笑着说实话,说实话表明力量)就是人道本身。

谁会怀疑我这个老炮手会把我的重炮对准瓦格纳呢？我对这个事件中所有决定性的东西持审慎的态度——我热爱过瓦格纳。但是，我的使命的意义和道路最终在于，抨击一个机警敏锐的、别人不容易察觉的"不认识的人"——啊！除了一个音乐世界的卡里奥斯特罗①以外，我还要揭开另外几个"不认识的人"的假面具。

但是，更要抨击德意志民族，它在思想方面变得更迟钝，在本能方面变得更贫乏，而且变得越来越讲名誉，它有一个令人羡慕的好胃口，以一切矛盾为食物，把"信仰"与科学，"基督教的博爱"与反犹太主义，权力意志（建立"帝国"的意志）与自卑者的福音，全都狼吞虎咽下去，竟然没有诉说消化不良。在所有这些矛盾中，它不站在任何一边！真是了不起的中立和"无私"！这德国的味觉真有正义感，竟将平等的权利给予所有的人——它认为一切东西都是美味可口的。毫无疑问，德国人都是理想主义者……

当我最后一次来到德国时，我发现德国的味觉正忙

---

① 卡里奥斯特罗（1743—1795）：意大利冒险家，大骗子。

于把平等的权利给予瓦格纳和《塞京根号手》①；我可以亲自做证，为了向一位最地道的和最有德意志气息的音乐家（这里是指古老意义上的德意志，不单是德意志帝国）海因里希·许茨大师表示敬意，人们在莱比锡建立了李斯特协会，其目的在于培植和传播狡猾的教会音乐。毫无疑问，德国人都是理想主义者……

2

但是，在这里没有任何东西可以阻碍我变得粗鲁，也没有任何东西可以阻碍我对德国人说几句刺耳的话：还有谁会做这样的事呢？我想谈谈他们在文学史上的混乱。德国的历史学家不但对文化的进展和文化的价值缺乏伟大的眼光，而且还是政治上（或者教会上）的傻瓜：这种伟大的眼光甚至受到他们的排斥。你首先必须是"德意志的"，属于这个"种族"的，然后才能决定史学上的一切价值和非价值——你才能确定价值和非价值。"德意志的"是一个论据，"德国，德国高于一

---
① 阿尔萨斯作曲家内斯勒创作的一部歌剧，曾在德国风靡一时。

切"是一个原则,而日耳曼人则是历史上的"道德的世界秩序";与罗马帝国相比,它是自由的获得者;与18世纪相比,他是道德、"绝对命令"的复兴者。有一种德意志帝国的历史编纂学,我担心甚至还有一种反犹太主义的历史编纂学,还有宫廷历史编纂学,而冯·特赖奇克先生是不知羞耻的。

最近,士瓦本美学家费舍(幸亏已经故世)的一句话,在史学界造成一种荒谬的看法,这句话通过德国报纸的流传被视为一条"真理",而每个德国人都必须赞成这条"真理":"文艺复兴和宗教改革,把这两者结合起来才能形成一个整体——美学的再生和道德的再生"。这句话我是耐着性子才看完的,我觉得有兴趣,甚至有责任对德国人说,他们对哪些事负有责任。他们对四百年来的一切文化犯下了大罪!犯下罪行总是出于相同的原因,就是因为他们内心害怕现实(害怕真理),他们的本能变得不真实,还有"理想主义"在作祟。德国人使欧洲失去果实,失去最后的伟大时期(文艺复兴时期)的意义。当时,更高的价值秩序,高尚的价值、肯定生命和保障未来的价值取代了那些对立的和堕落的价值，这些都取得了胜利，并且深入到倡导者的本能中！

路德①，这个不祥的僧侣，当教会和基督教失败时，他恢复了教会，更糟糕的是，他也恢复了基督教。否定生命意志的基督教变成了宗教！路德这个古怪的僧侣，出于他"古怪"的原因，先是攻击教会，然后又恢复教会。天主教徒也许有理由庆祝路德节，创作路德戏剧。路德和"道德的再生"！一切心理学都见鬼去吧！毫无疑问，德国人都是理想主义者。

当德国人以非凡的勇敢和自我克制取得了一种正直的、明确的和完全科学的思想方法时，他们有两次机会知道如何去发现通往旧"理想"的途径，如何去发现真理和"理想"之间的调和，从根本上来说，就是如何去发现用来拒绝科学和崇尚欺骗的权利的表达方式。莱布尼茨②和康德③，这两个人是欧洲在理智的诚实方面最大的障碍！

当时，在跨越两个颓废世纪的桥梁上出现一种天才

---

① 马丁·路德（1483—1546）：德国宗教改革家。
② 莱布尼茨（1646—1716）：德国数学家、唯心主义哲学家。
③ 康德（1724—1804）：德国古典哲学的创始人。

与意志兼备的强大力量，它之强大足以使欧洲结合成一个政治和经济的统一体，达到建立全球政府的目的，这时德国人终于能以其"独立战争"使欧洲失去意义，失去拿破仑存在的意义的奇迹。因此，他们要对所造成的、今天仍然存在的一切恶果负责，这些恶果就是：现存的反文化病态和不明智，民族主义，欧洲所患的病态的民族主义，永远存在的欧洲小国和微不足道的政治——他们使欧洲本身失去意义，失去理智，他们把欧洲送进了死胡同。除了我之外，有谁知道走出这条死胡同的道路吗？有谁知道足以把欧洲各民族重新结合起来的一项使命吗？……

3

为什么我最终不能说出我的怀疑呢？按照我这种情况，德国人想方设法要使一个伟大的命运只产生一个小东西。他们直到今天都在败坏我的名声，我怀疑，他们将来会做得好一些。啊，为什么叫我当个不祥的预言家呢！我现在的普通读者和听众是俄国人，斯堪的纳维亚人和法国人——他们会越来越多吗？德国人以模棱两可的名称被载入认识论的史册，他们老是产生"不自觉的"骗子（费希特、谢林、叔本华、黑格尔、施莱尔马赫，还有康德和莱布尼茨，都应被授予"骗子"这个名称，他们完全是制造假面具的人），他们永远不能享有这样的荣誉，即思想史上（四千年来，在思想上都是真理对骗术进行批判）最诚实的思想与德国的思想是一致的。

"德国的思想"对我来说是恶劣的空气：德国人在言语、举止上表现出不洁净，处在这种已成为本能的心理上的不洁净的氛围中，我感到呼吸艰难。他们从来没有像法国人那样，经受过十七世纪那种严格的自我反省。一个拉罗什富科[①]，一个笛卡儿[②]，他们在诚信方面要比一流的德国人强一百倍——德国人直到今天还没有一个心理学家。但是，心理学几乎是确定一个种族洁净与不洁净的标准。如果一个人不洁净，他怎么会有深度呢？你到一个德国人那里，根本不可能深谈些什么，他没有深度。这就是一切。但是，他们甚至连肤浅都谈不

---

① 拉罗什富科（1613—1680）：法国作家。
② 笛卡儿（1596—1650）：法国哲学家、数学家、物理学家。

上。在德国，所谓有"深度"的东西，就是自身本能上的不洁，我所说的本能上的不洁就是：他们不想了解自己的本性。我不可以建议把"德国的"这个词当作国际货币用来支付这种心理上的腐败吗？例如，德国皇帝现在宣称解放非洲奴隶是他的"基督教义务"，在我们另外一些欧洲人中，就可以把这句话简称为"德国的"。

德国人创作过一本有深度的书吗？他们甚至还不懂什么叫一本书的深度。我认识一些学者，他们认为康德有深度；在普鲁士宫廷中，我担心人们会认为冯·特赖奇克先生有深度。我遇到德国的大学教授时，有时称赞司汤达是一位有深度的心理学家，他们会叫我用字母拼读一下司汤达这个名字……

4

为什么我不进行到底呢？我喜欢澄清事情。被人们视为一个卓越的、蔑视德国人的人，这甚至是我的抱负。在我26岁的时候，我就对德国人的性格表示过怀疑（见《不合时宜的考察》第三部），我不能接受德国人。如果我设想一种与我的本能完全不同的人，我总是想到德国人。我对一个人的全面考验，首先要看他身上是否有距离感，看他是否看到了人与人之间处处存在等级、地位和级别，看他是否高贵，这样他才是上等人，否则他就无法挽回地成了温顺的人。啊！温顺的概念就是下等。但是，德国人就是下等人——啊！他们是如此温顺。

同德国人交往就会贬低自己，德国人一视同仁。如果把我与几位艺术家，尤其是理查德·瓦格纳的交往除外，我可以说我没有与德国人度过哪怕一段美好的时光。我无法忍受这个种族，与这个种族总是相处不好，这个种族不喜欢与众不同的人——天哪！我就是一个与众不同的人——这个种族的人脚下没有智慧，因此从来不会走路。说到底，德国人根本就没有脚，他们只有腿。德国人也不知道自己有多么丑陋，但是单这一点就是十分丑陋的了——他们从来不为自己是德国人而感到羞耻。他们对什么事情都想参与，他们认为自己是决定性的人物，我担心他们甚至对我进行裁决。

我的一生严格地验证了这几句话，我尽力在我的人生中寻找人家对我讲礼仪和讲文雅的事情。我在犹太人那里找到了，在德国人那里从来没找到。我的本性是要温和地、友好地对待每个人——我有权利不加区别地对待，这不会妨碍我睁开眼睛。我没有把任何人当作例外，至少不会把我的朋友当例外。最后，我希望，这一点不会有损于我对他们的人道！有五六件事我一向引以为荣。然而，事实上，我感到几年来收到的每一封信几乎都是冷嘲热讽的，对我善意的嘲弄要多于任何的仇恨。我当面告诉我的每一个朋友，他们一向认为不值得花力气去研究我的任何一本著作，我从微小的迹象中猜到，他们从来不知道书里写的是什么。至于我的《查拉图斯特拉如是说》一书，我的朋友除了在书中发现一种难以置信的、幸而是完全无关紧要的狂妄之外，谁还能发现别的什么东西？……

10年了，在德国，没有人面对这种不应有的沉默时觉得应该起来维护我的名字，我的名字在沉默中被埋没了。有个外国人，一个丹麦人，他首先对这种状况具有敏锐的本能和勇气，他对我的那些所谓的朋友感到气愤。去年春天，乔治·布兰德斯博士在哥本哈根讲授我的哲学，这件事再次证明他是一位心理学家。今天，有哪所德国的大学能像他那样讲授我的哲学呢？我本人对这一切并不感到苦恼；必然的东西不会伤害我；热爱命运是我最内在的本性。但是，这并不排除我喜欢嘲弄，甚至喜欢对世界历史的嘲弄。

大约就在那震撼世界的《重估一切价值》发出惊人的雷鸣的前两年，我把《瓦格纳事件》公之于世了，德国人想再次加害于我，使自己永垂不朽！对此正好还有时间！达到目的了吗？我的日耳曼先生们！由于高兴，我向你们致意。为了我不失去朋友，刚刚还有一个上了年纪的女朋友给我写信，她在嘲笑我。此时，对我没有温和的言语，没有敬畏的目光，当然，一切责任都在于我。因为我肩负着人类的命运。

附录

尼采生平年表

1844年　　　　10月15日,弗里德里希·尼采生于普鲁士萨克森州勒肯镇的一个牧师家庭。

1849年　　　　7月,父亲去世。

1850年　　　　年初,全家迁往瑙姆堡。

1858—1864年　在瑙姆堡近郊的普夫塔文科中学读书。

1864—1865年　在波恩大学学习神学和古典语文学。

1865—1867年　在莱比锡大学学习古典语文学。

1867—1868年　在瑙姆堡服兵役。

1868年　　　　4月,因伤退伍。

	11月,在莱比锡首次与瓦格纳相识。
1869—1879年	受聘于巴塞尔大学,任古典语文学教授。
1879年	5月,因病辞去巴塞尔大学教职。
1879—1889年	旅居意大利的威尼斯、都灵、热那亚,法国的尼斯,瑞士的巴塞尔等地。
1889年	1月,在都灵精神错乱。
1890—1897年	住在玛瑙堡,由母亲护理。
1897年	4月,母亲去世,同妹妹迁往魏玛。
1900年	8月25日,于魏玛去世。

尼采主要著作

1872年　《悲剧的诞生》

1873年　《不合时宜的考察》第一部：《大卫·施特劳斯：忏悔者和作家》

1874年　《不合时宜的考察》第二部：《历史对人生的利弊》

　　　　《不合时宜的考察》第三部：《教育家叔本华》

1876年　《不合时宜的考察》第四部：《理查德·瓦格纳在拜罗伊特》

1878年　《人性的，太人性的》第一部

1879年　《人性的，太人性的》第二部：《观点和

箴言杂录》

1880年 《人性的，太人性的》第三部：《漫游者和他的影子》

1881年 《曙光》

1882年 《快乐的科学》

1883年 《查拉图斯特拉如是说》

1886年 《善恶的彼岸》

1887年 《道德的谱系》

1888年 《瓦格纳事件》

《偶像的黄昏》

《反基督教徒》

《瞧，这个人》

《尼采反对瓦格纳》